高階

小學生活用成語學堂

審校：宋詒瑞

新雅文化事業有限公司

www.sunya.com.hk

教你精準用成語

宋詒瑞

成語，是我們漢語詞庫中的瑰寶。成語，是人們長期以來慣用的一種特殊結構的詞彙，通常是四字一句（也有很少一部分是四個字以上的），短小精悍，語簡意賅，簡單的幾個字講述了一個故事、一段歷史，或形容了一個情景，描寫了一種狀態；或闡述了一個道理，給人以思想上的啟迪。我們在寫作時適當運用一些成語，能使文章簡潔精闢，文采斐然。所以我們要學習成語，懂得它們的原意，並學會在寫作時運用它們。

可是，我們在運用成語時有以下幾點須留意的：

一、要清楚理解成語的含義，分清它是含有貶義還是褒義的，才不會用錯。譬如有學生在形容同學回答不出老師提問時的慌張神態，用了貶義的「做賊心虛」，這就有點過分了，不如用中性的「張口結舌」、「吞吞吐吐」比較貼切。再如有人描寫消防員在火場救火時的表現是「手忙腳亂」、「神色慌張」，這就含有貶義了，應該改用「眼明手快」、「鎮定自若」、「有條不紊」等褒義成語。還有人不明白「白馬過隙」是形容時間飛逝，卻用來形容騎士在障礙比賽中騎着馬跨越一道短欄的動作，這就鬧笑話了。

二、有的同學學會了很多成語，很喜歡用成語作文，這本是好事，但是在一篇文章中用了太多成語，效果就適得其反。有位同學

在描寫春天景色時，寫了這樣一段：「花園裏鳥語花香，景色誘人。花圃裏百花齊放，五顏六色、五彩繽紛、絢麗奪目、琳瑯滿目、爭妍鬥麗，叫人目不暇給、欣喜異常、流連忘返。」其實他運用這些成語來描寫春景都很貼切，但是用得太多太集中，反而使人讀起來覺得累贅、繁瑣，顯得有些矯揉造作，文章就給人浮誇不樸實的感覺。這裏的十來個成語中可以刪去五六個，可以把一些成語用在其他段落中，不要集中在一處。

三、與此相反，有些同學學了些成語，卻不懂得使用，這是另一個極端。譬如有人記述他在體育課上做不到一個極普通的翻跟斗動作，幾次失敗，遭到同學嘲笑，使得他很羞愧。在此情況下，他當然可以寫成「我難為情極了，低下頭不敢望向大家，恨不得地上有個洞給我鑽進去，讓我從地球上消失掉……」之類的句子，那也很生動，但是一句成語「無地自容」四個字就精確地概括了當時的心境，把它加在文中，更添感染力。

所以我們要多學些成語，明白它們的意思，自己在作文時選用適當的成語來表達意思，這樣我們的寫作水準就會不斷提升。這本書中把我們在各個方面常用的一些成語都作了精闢的解釋，有些注明了出處，介紹了有趣的歷史背景，並舉例說明如何使用、如何辨析幾個相似的近義詞、認識一些反義詞……還設計了有趣的練習讓你學習使用。這是一本很有益的成語手冊，好好學習利用吧！

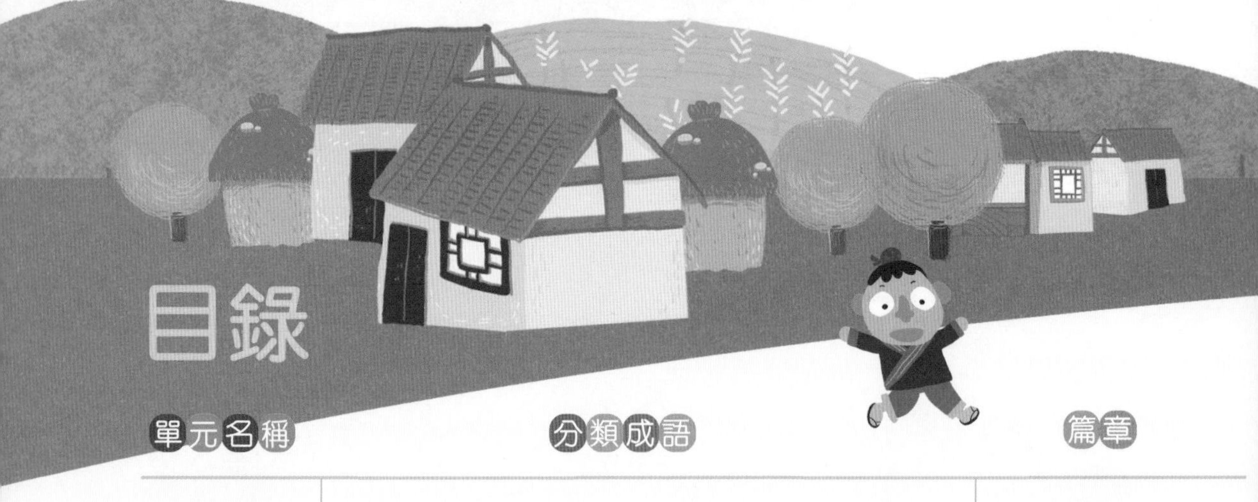

目錄

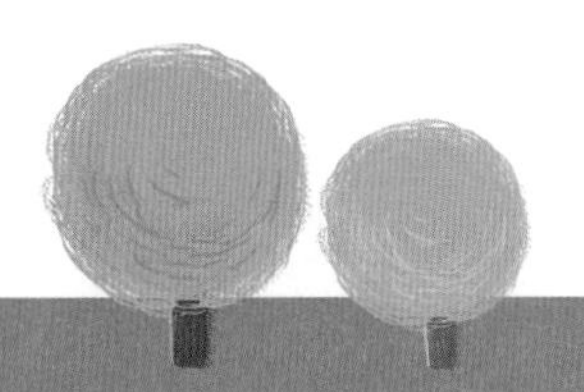

分類成語

單元一 學習態度

一絲不苟　全神貫注　聚精會神　專心致志　舉一反三
取長補短　好學不倦　懸樑刺股　廢寢忘餐　堅持不懈
半途而廢　一知半解　心不在焉　粗心大意

成語小學堂

一絲不苟 yī sī bù gǒu 褒

【解釋】**苟：苟且，得過且過，不認真。形容做事認真，絕不馬虎。**

【例句】1. 他做事總是一絲不苟，不容許自己有半點出錯。
2. 對待學習，我們應該有一絲不苟的態度，認真看待每個學習的細節。

【近義】成小心翼翼、成精益求精

【反義】成粗心大意、成馬馬虎虎

全神貫注 quán shén guàn zhù 褒

【解釋】**貫注：集中。所有精神聚焦在一點上。形容注意力十分集中。**

【例句】1. 開車的時候應該全神貫注，不可以做其他的事情。
2. 每次上課的時候我都會全神貫注地聽老師講課。

【近義】成專心致志、成聚精會神

【反義】成心不在焉、成神思恍惚

聚精會神 jù jīng huì shén 褒

【解釋】**會：集中。原指君臣合作，集思廣益；後形容精神非常集中。**

【例句】1. 考試開始後，同學們都在聚精會神地答題。
2. 我進去的時候，他正在聚精會神地玩遊戲，完全沒有發現我。

【近義】成全神貫注、成專心致志

【反義】成漫不經心、成心不在焉

專心致志 zhuān xīn zhì zhì 褒

【解釋】**致：盡、極；志：意志。集中所有心思和意志。形容非常專心地做一件事。**

【例句】1. 他在書房專心致志地讀書，沒聽到客廳的電話鈴響。
2. 學習的時候應該專心致志才能學到更多的知識。

【近義】成全神貫注、成聚精會神

【反義】成漫不經心、成心猿意馬

舉一反三 jǔ yī fǎn sān 褒

【解釋】**反：類推。比喻從一個道理類推而知道其他許多道理。**

【典故】孔子曾對他的學生說：「舉一隅，不以三隅反，則不復也。」「隅」，即角落。整句的意思是老師舉出一個角落，若學生不能按老師所教類推到其餘的三個角落，並以其餘的三個角落反證老師原先所授的一個角落，老師就不應再教導了。

孔子認為當他舉出一個方面，學生應該可以靈活地推想到另外幾個方面，如果不能的話，他也不會再教學生了。後來，大家就把孔子說的這段話變成了「舉一反三」這個成語，意思是說，學一件東西，要懂得靈活地思考，運用到其他相類似的東西上。

【例句】1. 老師說學會了這些知識，就可以舉一反三學會其他的知識。

2. 讀書應該靈活運用，舉一反三才可以事半功倍。

【近義】成 聞一知十、成 融會貫通

【反義】成 囫圇吞棗、成 不求甚解

取長補短 qǔ cháng bǔ duǎn 褒

【解釋】**學習別人的長處，來彌補自己的不足之處；也泛指在同類事物中吸取這個的長處來彌補那個的短處。**

【例句】1. 每個人都有不擅長的事情，取長補短是提升自己的有效方式。

2. 團隊裏的成員應該互相學習，互相取長補短，才能共同進步。

【近義】成 互通有無、成 揚長避短

【反義】成 故步自封、成 夜郎自大、成 裹足不前

好學不倦 hào xué bù juàn 褒

【解釋】**喜歡學習而不知疲倦。**

【例句】1. 他雖然年過八十，但仍然好學不倦，每星期都去上電腦課。

2. 老師告訴我們要有好學不倦的精神，這樣才可以不斷累積知識，令自己進步。

【近義】成 孜孜不倦、成 手不釋卷

【反義】成 不學無術

懸樑刺股 xuán liáng cì gǔ 褒

【解釋】**懸：掛起；股：大腿。頭髮用繩子繫在屋樑上，用鐵錐子刺大腿。形容刻苦學習。**

【典故】成語由「頭懸樑」和「錐刺股」兩個故事組成。

漢朝儒學大師孫敬小時候讀書十分刻苦，經常讀到深夜，怕自己睡着就把頭髮用繩子繫在屋樑上。一打瞌睡，頭向下栽，揪得頭皮疼，他就睡意全消，繼續讀書。

戰國時縱橫家蘇秦到秦國游説失敗，為博取功名就發憤讀書，每天讀書到深夜。每當要打瞌睡時，他就用鐵錐子刺一下大腿來提神。

後人就以「懸樑刺股」來形容堅持不懈地刻苦學習。

【例句】1. 學習要有懸樑刺股的精神，時刻提醒自己要堅持。

2. 為了考上好的大學，他決定效仿古人懸樑刺股，每天刻苦地温習。

【近義】成 堅持不懈、成 勤學苦練

【反義】成 半途而廢、成 虎頭蛇尾

廢寢忘餐 fèi qǐn wàng cān [褒]

【解釋】**廢：停止。沒有睡覺，又沒有吃飯。形容專心努力。**

【例句】1. 為了在這次比賽中取得好名次，他最近廢寢忘餐地準備着。

2. 如果長期廢寢忘餐地工作，會對身體造成傷害。

【近義】[成]夜以繼日、[成]兢兢業業

【反義】[成]飽食終日、[成]急來抱佛腳

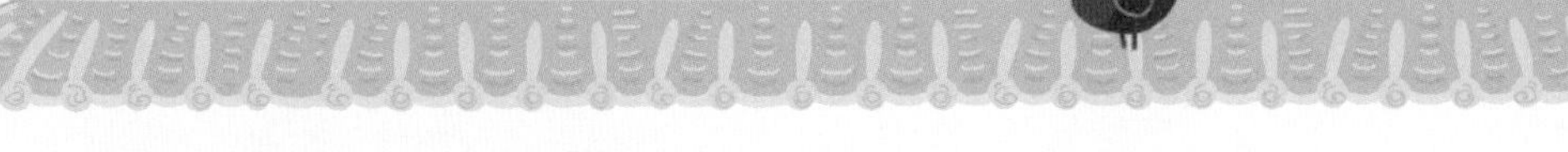

堅持不懈 jiān chí bù xiè [褒]

【解釋】**懈：放鬆。指堅持到底，一點也不放鬆。**

【例句】1. 爬山的時候你一定要堅持不懈，才能到達山頂。

2. 儘管他不聰明，但是他一直堅持不懈地在努力。

【近義】[成]堅定不移、[成]堅韌不拔

【反義】[成]半途而廢、[成]功虧一簣

半途而廢 bàn tú ér fèi 貶

【解釋】**廢：停止。指做事沒有恆心，中途停頓，有始無終。**

【例句】1. 如果你現在半途而廢，那之前的努力都白費了。

2. 老師告訴我們，做事情應該有始有終，不能半途而廢。

【近義】㊄前功盡棄、㊄淺嘗輒止、㊄虎頭蛇尾

【反義】㊄持之以恆、㊄堅持不懈

一知半解 yī zhī bàn jiě 貶

【解釋】**知道得不全面，理解得也不透徹。**

【例句】1. 因為心不在焉，所以我對老師講的內容一知半解。

2. 我以為曉麗對鋼琴只是一知半解，沒想到她是一位優秀的鋼琴演奏家。

【近義】㊄不求甚解、㊄浮光掠影

【反義】㊄融會貫通、㊄真知灼見

心不在焉 xīn bù zài yān 貶

【解釋】焉：代詞，相當於「這裏」。指心思不在這裏，思想不集中。

【例句】1. 他今天一整天都是一副心不在焉的樣子。

2. 我正在和你談重要的事情，你能不能專心點，不要這麼心不在焉？

【近義】成神思恍惚、成漫不經心

【反義】成聚精會神、成全神貫注

粗心大意 cū xīn dà yì 貶

【解釋】粗：粗疏。指做事馬虎，不細心。

【例句】1. 你什麼時候才能改掉粗心大意的毛病呢？

2. 你明明會做這道算術題，卻因為粗心大意而失了分。

【近義】成粗枝大葉、成掉以輕心

【反義】成小心翼翼、成小心謹慎

第一次釣魚

暑假期間，我做了一件特別了不起的事情，那就是跟着表哥學會了釣魚。

以前總是跟在表哥後面看他釣魚，今年我提議讓表哥也教教我釣魚，讓我親身體驗一下釣魚的樂趣，沒想到表哥爽快地答應了。表哥把釣魚的工具準備妥當之後，我們就高高興興地出發了。

來到海邊，表哥詳細地為我講解和示範釣魚的步驟，我專心致志地聽着，把表哥講的每個細節都記在心中。聽完講解，我急不及待地拿起工具就開始釣魚。一分鐘過去了，我提起魚竿，一條魚也沒有；兩分鐘過去了，魚竿上的浮標仍然是一點動靜都沒有。我不時提起魚竿看看，結果，一個多小時過去了，我毫無收穫。再看看表哥，他已經釣上了好幾條魚。我有些着急起來，決定去表哥那邊碰碰運氣，但還是許久沒有收穫。為什麼會這樣呢？

寫作小貼士

運用成語「專心致志」形容我初次學習釣魚的認真。

我仔細觀察表哥，發現他非常安靜地坐在那裏，全神貫注地盯着浮標，從來不會嘗試提起魚竿來看魚上鈎沒有。表哥也注意到我了，他說：「釣魚一定要沉住氣，不能這裏下個餌沒見魚，又跑去另一個地方。釣魚需要堅定不移[1]地在一個地方等魚上鈎，千萬不能像你一樣半途而廢。有時候可能魚正在吃魚餌，卻因為你心急提魚竿把魚嚇跑了呢。」於是我按照表哥的指示，沉住氣在一處聚精會神等魚上鈎，果然陸續有魚上鈎了。

寫作小貼士

運用成語「堅定不移」、「半途而廢」來說明不管學什麼一定要有耐心和恒心，這樣才能有收穫。

最後，我跟表哥都有收穫，雖然我釣到的魚不及表哥多，但是對於第一次釣魚的我來說已經很滿意了。回家的路上，我想起老師曾講過舉一反三的道理，發現學習也像釣魚一樣，要沉得住氣，堅持不懈，才能靜待「魚兒」上鈎，把知識學到手。

寫作小貼士

學習包括很多方面，用學釣魚的經歷來反思平時學習，「舉一反三」用得很貼切。

釋詞 ① 堅定不移：專一固定、不動搖。

我的數學老師

我的數學老師姓王，他長得胖胖的，是個和藹可親[1]的人，我們班的同學都很喜歡他。

第一次見到王老師是在三年級開學的一個月之後。那天，王老師伴隨着上課鈴聲走進教室。他告訴我們，原本任教我們的老師家裏有事，所以接下來由他擔任我們的數學老師。我當時一副心不在焉的樣子，想着：「誰人擔任數學老師都無所謂，反正數學課都是一樣的枯燥。」後來，我發現自己錯了，王老師就像魔術師一樣，總是能把枯燥的數學知識講得生動活潑。

寫作小貼士

運用成語「心不在焉」形容作者並不在乎新來的老師是怎麼樣的，沒什麼特別的感覺。

王老師上課時把班上的同學分成五個小組，每次他提出的問題或者設計的練習都會讓各小組討論，並要求討論後每組都派一個人發言。王老師告訴我們採用這種方法是因為每個人都有自己擅長和不擅長的地方，大家聚在一起討論就能取長補短，在相互學習的過程中每個人都能得到提升。自從王老師接任我們的數學課老師，班上的同學上數學課時都聚精會神地聽講，很少有人會分神。

王老師還有一個特點就是做事情一絲不苟，每次講課他都會把內容講得特別詳細，而且他每次講完後總會詢問我們是否理解清楚。他說，如果還有一知半解的地方就一定要提出來，他會再仔細地講解一遍。他最不喜歡的就是發現我們考試時明明知道如何解答題目卻因為粗心大意而做錯。我正好是一個粗心的人，所以每次考完試都會被王老師教訓。但是我並不討厭王老師，因為他總是用很親切的語言教導我，我知道他是希望我能有所改進。

寫作小貼士

成語「一絲不苟」形容王老師講課很認真，對學生的要求也很嚴格。

以前覺得數學枯燥無味的我，在王老師的教導下，慢慢地喜歡上數學。這就是我的數學老師，一個令人尊敬的老師。

釋詞

① 和藹可親：和藹，和善。指人很和善，容易接近。

一 成語分析

選出適當的成語填充以下的句子，在 □ 內填上代表答案的英文字母。

1. 爸爸是一個 □ 的人，經常要求我做事不能馬虎。

   A. 聚精會神　B. 一絲不苟　C. 取長補短　D. 粗心大意

2. 考試時，他答題總是 □ ，犯了很多他本來不應犯的錯誤。

   A. 粗心大意　B. 一知半解　C. 好學不倦　D. 取長補短

3. 當你確定好自己的目標之後，就要 □ 地實現它，不能半途而廢。

   A. 舉一反三　B. 聚精會神　C. 懸樑刺股　D. 堅持不懈

二 判斷成語

判斷下面句子中的成語用得正確還是錯誤，塗滿相應的圓圈。

	正確	錯誤
1. 你既然開始了鋼琴課程，就要堅持學下去，不要半途而廢。	○	○
2. 你要想取得好成績，就一定要改掉粗心大意的毛病。	○	○
3. 哥哥連吃飯的時候都捧着書本，真是一知半解啊！	○	○
4. 子晴每天上課都很有精神，心不在焉。	○	○
5. 學習最重要是能做到舉一反三，這樣就可靈活地運用所學的知識。	○	○

三 圖說成語

根據圖意，利用提供的成語造句，寫在橫線上。

1. 一知半解

____

____

2. 專心致志

____

____

3. 心不在焉

____

____

四 成語填充

選出適當的成語，填在段落的橫線上。

粗心大意　廢寢忘餐　堅持不懈　懸樑刺股　聚精會神

建業這星期三有一場數學考試，爸爸答應他，如果他能考滿分就送他一套他最愛的漫畫書。因此，建業在考試前一個星期就開始1.____________地做練習。有時候他甚至想效仿古人2.____________，最終還是被媽媽勸阻了。星期三考試的時候，建業3.____________地看題、答題。考試結束後建業以為自己一定能考滿分，但是星期四發試卷後，他才發現自己因為4.____________失了兩分。最終，爸爸還是送了漫畫書給建業，還告訴他，學習要有5.____________的心態。

單元二 氣象萬千

風和日麗	天朗氣清	飛沙走石	風調雨順	風起雲湧
風雲變幻	天昏地暗	風吹雨打	呼風喚雨	興風作浪
瞬息萬變	變幻莫測	千變萬化	變化多端	

成語小學堂

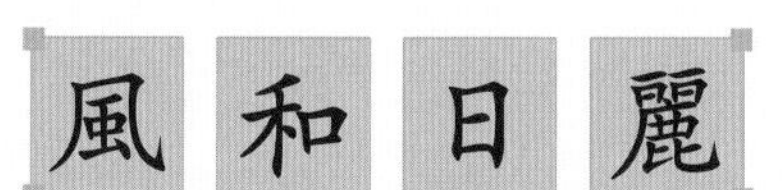

fēng hé rì lì 

【解釋】**指風很柔和，陽光燦爛。形容天氣晴朗。**

【例句】1. 在一個風和日麗、春光明媚的周末，爸爸帶我到郊外野餐。

2. 爸爸很喜歡在風和日麗的好天氣下出海釣魚。

【近義】㊀天朗氣清

【反義】㊀風雨交加

天朗氣清 tiān lǎng qì qīng

【解釋】**形容天氣晴朗、空氣清新。**

【例句】1. 秋冬時分，天朗氣清，最適宜郊遊遠足。

2. 今晚天朗氣清，不少天文愛好者都觀測到燦爛的流星雨。

【近義】㊀風和日麗

【反義】㊀暴風驟雨

飛沙走石 fēi shā zǒu shí

【解釋】**指沙土飛揚，石子滾動。形容風力非常大。**

【典故】三國時期的東吳，孫和被立為太子，但吳王孫權卻寵愛孫霸，甚至想改立孫霸為太子。孫和將此事告知御史陸胤。陸胤要求丞相陸遜就改立太子一事勸諫吳王。陸胤因此開罪吳王孫權，被捕入獄。後來，陸胤獲釋，經人推舉為西陵督，中書丞華覈上書推薦陸胤：「陸胤天資聰穎，很有才幹，在蒼梧郡當地方官時，治理那裏的飛沙走石有功（蒼梧郡曾發生叛亂），老百姓受益匪淺，而他自己卻十分廉潔。」

後來，「飛沙走石」的意思逐漸由形容叛亂所引發的混亂，演變為形容惡劣天氣下沙塵滾滾的情況。

【例句】1. 每次超強颱風來襲時都是飛沙走石，天昏地暗的。

2. 沙漠天氣一向無常，剛才還風和日麗，現在卻天昏地暗，飛沙走石。

【近義】㊇天昏地暗

【反義】㊇春光明媚、㊇風和日麗

風調雨順 fēng tiáo yǔ shùn 褒

【解釋】**調：調和；順：順利。形容風雨來得及時而適量，適合農作物生長，也比喻豐年安樂的景象。**

【例句】1. 龍王是中國神話裏負責掌管降雨的神仙，因此古代人供奉龍王，祈求風調雨順，五穀豐登。

2. 今年風調雨順，因此莊稼長得很好，農夫們開心地迎來了一個豐收年。

【近義】成五穀豐登、成人壽年豐

【反義】成天災人禍、成荒時暴月

風起雲湧 fēng qǐ yún yǒng 褒

【解釋】**颳起大風，烏雲湧現。形容聲勢浩大，也比喻事物迅速發展，多用於指天氣或事物的發展。**

【例句】1. 湖面上空風起雲湧，平靜的湖面變得波濤滾滾，湖邊的樹木都被吹得東倒西歪。

2. 隨着網路技術的不斷發展，電子商務的浪潮在全球風起雲湧。

【近義】成方興未艾、成蒸蒸日上

【反義】成一蹶不振

風雲變幻 fēng yún biàn huàn

【解釋】**像風雲那樣變化不定。比喻時局變化迅速，動向難以預料。常用來形容天氣或局勢變化。**

【例句】1. 天空風雲變幻，烏雲很快籠罩了整個上空。

2. 在風雲變幻的體壇上，游泳名將菲比斯一直保持着他的霸主地位。

【近義】㊔風雲突變

【反義】㊔一成不變

天昏地暗 tiān hūn dì àn

【解釋】**形容天色昏暗、沒有光線。**

【例句】1. 你看外面一片天昏地暗，應該快要下雨了。

2. 剛剛天氣還是十分晴朗，轉眼已變得天昏地暗了。

【反義】㊔天朗氣清、㊔風和日麗

風吹雨打 fēng chuī yǔ dǎ

【解釋】**原指風雨對花木的摧殘或建築物的侵蝕；也比喻某種力量的打擊或考驗。**

【典故】唐代安史之亂爆發後不久關中發生大饑荒，華州司功參軍杜甫有幾個孩子餓死了。面對生活困難，杜甫只好棄官逃難到成都，在朋友幫助下蓋起了草屋，這才過了幾年比較安定的生活。

有一次，杜甫在江邊散步，忽然聞到陣陣香味，原來是江邊零零星星的楸樹已經開花了。杜甫歎道：「不如醉裏風吹盡，可忍醒時雨打稀。」

不久後，杜甫又因戰亂而開始了四處漂泊的生活。

後人取用杜甫詩句中的「風吹雨打」比喻人生中遇到的打擊或考驗。

【例句】1. 這幢唐樓年代久遠，在風吹雨打之下更顯破舊。

2. 這間小企業經歷了市場上無數的風吹雨打，終於成長為一間有十多間連鎖店加盟的集團公司。

【近義】㊔千錘百煉、㊔狂風惡浪

【反義】㊔風和日麗、㊔風平浪靜

呼風喚雨 hū fēng huàn yǔ

【解釋】**比喻神仙道士有操控自然，使天上出現颳風下雨的法術；也比喻人神通廣大、影響力大。**

【例句】1. 據說中國神話傳說中的龍王能呼風喚雨，無所不能。

2. 他多年來在商界呼風喚雨，好幾間龍頭企業也要向他取經，學習經營之道。

【近義】㊊興風作浪、㊊回天之力、㊊降龍伏虎

【反義】㊊息事寧人、㊊回天乏術

興風作浪 xīng fēng zuò làng 貶

【解釋】**興：掀起；作：製作。原指神話小說中妖魔鬼怪施展法術，掀起風浪；後來比喻無事生非，製造事端。**

【例句】1. 不法分子利用不知情市民的善良，刻意挑起紛爭，興風作浪。

2. 傳說山洞裏住着一條龍，性格喜怒無常，常常興風作浪，禍害當地居民。

【近義】㊊興妖作怪、㊊掀風鼓浪

【反義】㊊息事寧人、㊊安分守己

瞬息萬變 shùn xī wàn biàn

【解釋】**瞬：一眨眼；息：呼吸。形容在很短時間內變化很多、很快。**

【例句】1. 除非有強健的體魄，否則很難適應南極瞬息萬變的氣候環境。

2. 籃球賽上的比分瞬息萬變，稍不留意，局勢就有了很大的變化。

【近義】[成]千變萬化、[成]變幻莫測

【反義】[成]一成不變、[成]風平浪靜

變幻莫測 biàn huàn mò cè

【解釋】**形容變化又多又快，使人不可捉摸。**

【例句】1. 六月的天氣真是變幻莫測，剛剛還風和日麗，現在卻風雨交加。

2. 因為變幻莫測的天氣，所以全家出遊的計劃也只能改期了。

【近義】[成]瞬息萬變、[成]千變萬化

【反義】[成]一成不變、[成]人定勝天

辨析

「瞬息萬變」與「變幻莫測」的區別在於：「瞬息萬變」更偏重於「萬」，指時間極短而變化極多；「變幻莫測」則偏重於「莫測」，指變化多而不易把握。

千變萬化 qiān biàn wàn huà

【解釋】**形容變化非常多，無窮無盡。**

【例句】1. 不時有風吹過，將空中的雲朵吹得千變萬化，形態各異。

2. 用手指指印也可以創造出千變萬化的圖案，甚至畫成指印畫。

【近義】㊔變幻莫測、㊔變化多端、㊔瞬息萬變

【反義】㊔一成不變、㊔千篇一律

這道數學題的謎底是哪個成語呢？
10000÷10 ＝ 1000

最大的變化：__________________

變化多端 biàn huà duō duān

【解釋】**形容變化很多、很大，難以預測。**

【例句】1. 孫悟空神通廣大、變化多端，讓很多妖魔鬼怪聞風喪膽。

2. 記者每天的工作變化多端，隨時都要有面對困難和挑戰的準備。

【近義】㊔變幻莫測、㊔千變萬化

【反義】㊔一成不變、㊔千篇一律

神奇的水龍捲

去年五月有市民在香港海邊目睹了一個神奇的現象：原本風和日麗的天空，瞬間出現一股像旋風的氣流，氣流與海面接觸形成的巨大水柱，從遠處的烏雲中垂直落入海面，像吊在空中晃晃悠悠的一條巨蟒。氣流行經之處，飛沙走石，海水都被直捲上天。廣闊的天空瞬息萬變，這邊天空依然天朗氣清，拖着水柱的半邊天空卻瞬間風起雲湧。這種現象被氣象學家稱為「水龍捲」。

寫作小貼士

文中接連運用了五個成語來描述不同的天氣變化，既簡潔又精練。

水龍捲其實是龍捲風的一種。因為與古代神話裏從波濤中竄出、騰雲駕霧[1]的東海蛟龍非常相像而得名，它還有不少的別名，如「龍吸水」、「龍擺尾」、「倒掛龍」等等。遠遠看去，它不僅像一條呼風喚雨、興風作浪的巨蟒，而且像一個擺動不停的大象鼻子。

寫作小貼士

「騰雲駕霧」、「呼風喚雨」、「興風作浪」三個成語寫出了水龍捲這一自然現象的動態和個性，使文章更加生動、活潑。

水龍捲奇觀是如何形成的呢？水龍捲多發生在夏季，它的產生其實就是空氣的激烈流動。我們之所以看不到空氣，卻能看到水龍捲，是因為水龍捲中間的漩渦會產生巨大的吸引力，吸引所經之處的灰塵、水汽等，水面物體被捲入漩渦時所產生的影像讓我們看到了水龍捲的輪廓。可是由於水的重力，水龍捲不可能長時間停留在天上，因此水龍捲很快就會變成狂風暴雨落下來。

不單是水龍捲，各類龍捲風也會帶來非常大的災害。它的強大氣流能把上萬噸的整節大車廂捲入空中，把上千噸的輪船由海面拋到岸上。1925年3月18日，美國出現了一次強龍捲，造成680人喪生、1,980人受傷；1967年3月26日，上海出現了一次強龍捲，毀壞了一萬多間房屋，拔起或扭折了22座高壓電線鐵塔。龍捲風平均每年奪走數萬人的生命。目前，雖然人類在對龍捲風的觀測、監視、預警方面已有許多改進，但預報龍捲風仍有許多困難。

釋詞 ① 騰雲駕霧：指在空中飛行；後比喻奔馳疾速或頭昏腦脹。

千變萬化的新疆氣候

你聽說過「早穿皮襖午穿紗，晚抱火爐吃西瓜」這句諺語嗎？它指的是中國新疆地區變化多端的氣候。在新疆，即使是處於炎熱的夏季，你依然能體驗到寒來暑往①、四季不同的氣候現象。

寫作小貼士
「變化多端」貼切地將新疆獨特的氣候特點描述出來。

《西遊記》中極負盛名的火焰山就位於新疆，這裏也是中國氣溫最高的地方，夏季高達攝氏六十八度。遠遠看去，火焰山就像一個寸草不生的大火球，石頭摸上去都是燙手的。然而，離火焰山不到一個小時車程，就可抵達葡萄溝——中國有名的瓜果之鄉，這裏與火焰山有着天壤之別②，終年流水潺潺，綠葉成蔭，瓜果飄香。

如果覺得氣溫變化還不大的話，前往天山看看，那裏更能體驗到新疆氣候的變幻莫測。早上從山腳出發時可能還是天朗氣清，過了中午就風雲變幻，開始風起雲湧。快到山頂，你又能看到雨雪紛飛的奇景。一年四季的氣候在一天內讓你全部體驗一遍。從山腳往上走，氣溫從二十六七度一下子降到零下幾度，若是只穿着夏季的短衣短褲前往的話，恐怕會被凍僵呢！

寫作小貼士
一連串成語的運用，一下子讓人體會了新疆不一樣的天氣。這樣寫的好處是使文章變得簡潔、明晰。

而在新疆的草原上，由於晝夜溫差非常大，人們晚上常要架上火爐取暖。

諺語中描述的「晚抱火爐吃西瓜」那種景象，在這裏是尋常可見的。想想夏天的香港正值三十五度的高溫天氣，你在家一定開空調、穿短褲；在新疆草原上卻下着雪，人在屋裏烤着火爐，穿着羽絨服都覺得冷。這種瞬息萬變的氣候景象，你是不是覺得奇妙無比呢？

釋詞
① 寒來暑往：盛夏已過，寒冷的冬季即將來臨。形容時間的不停流逝。
② 天壤之別：天和地分開很遠，比喻差別非常大。

一 圖說成語

下面的圖片可以用哪個成語來形容？在橫線填上正確的答案。

1. 

成語：____________________

2. 

成語：____________________

3. 

成語：____________________

4. 

成語：____________________

二 填字遊戲

根據提示，把適當的成語填在下列空格中。

		1.	4.		
		□			
		□			
		□			
2. □	□	變	□	□	□
		3. □			
		□			
		□			

提示：1. 一眨眼的時間，形容變化時間很短。
2. 像風雲那樣變化不定。
3. 形容變化很多、很大，難以預測。
4. 形容變化又多又快，使人不可捉摸。

三 成語填充

選出適當的成語，填在段落的橫線上。

風吹雨打　風起雲湧　變幻莫測　天朗氣清

都說香港的夏天像小孩子的臉，說變就變。就像今天，上午還是 1.__________，午後便 2.__________，一陣電閃雷鳴後，緊接而來的是一番猛烈的 3.__________。地上到處是散落的花瓣和枝葉。一個多小時之後，雨停了，天空重新變得風和日麗，彷彿剛剛的一場風雨從未降臨過。香港的夏天真是 4.__________！

四 成語辨析

選出適當的成語填充以下的句子，在 ☐ 內填上代表答案的英文字母。

1. 今天 ☐，最適宜跟朋友到郊外感受藍天白雲的好天氣。

   A. 興風作浪　B. 風和日麗　C. 風起雲湧　D. 飛沙走石

2. 在這座山中，石灰岩形成的奇峯異石林立，石筍和石鐘乳形態 ☐。

   A. 千變萬化　B. 風雲變幻　C. 風吹雨打　D. 風起雲湧

3. 現今社會中，各種綠色浪潮聲勢日高，綠色經濟、綠色企業、綠色技術、綠色產品等等 ☐，席捲全球。

   A. 風雲變幻　B. 興風作浪　C. 風起雲湧　D. 呼風喚雨

單元三 戰場相見

整裝待發	嚴陣以待	四面楚歌	按兵不動	調兵遣將
旗鼓相當	鹿死誰手	破釜沉舟	過關斬將	穩操勝券
旗開得勝	出奇制勝	潰不成軍	全軍覆沒	

成語小學堂

整裝待發 zhěng zhuāng dài fā

【解釋】**整理好行裝，等待出發。**

【例句】1. 哥哥整裝待發，前往球場，準備在學界羽毛球比賽中與對手決一高下。

2. 子文整裝待發，準備與家人一起去瑞士滑雪。

【近義】[詞]準備就緒　【反義】[詞]臨陣退縮

嚴陣以待 yán zhèn yǐ dài

【解釋】**擺好陣勢，做足準備等待着。指做好充分戰鬥的準備，等着敵人。**

【例句】1. 大批警員在大樓周圍嚴陣以待，等犯罪分子一走出來便上前拘捕。

2. 小明為這次考試反覆温習，嚴陣以待，不敢掉以輕心。

【近義】[成]蓄勢待發、[成]枕戈待命

【反義】[成]毫不為備、[成]掉以輕心、[詞]鬆鬆垮垮

四面楚歌 sì miàn chǔ gē

【解釋】**「楚歌」原指四面都是春秋時代楚人的歌聲，後用來比喻人四面受敵，處於孤立無援的處境。**

【典故】春秋時期，五國爭霸，楚漢相爭激烈。楚國的項羽攻佔秦都以後，燒殺擄掠，使人民怨聲載道。漢王劉邦趁機攻擊項羽，讓大軍把項羽的楚軍圍在垓下，並設下「四面楚歌」之計，讓漢軍大唱江東楚國民謠。項羽以為漢軍已經攻佔楚地，他無顏面見江東父老，只好邊飲酒邊唱歌，悲壯自刎身亡。後人以「四面楚歌」形容四方八面都被敵人包圍着的艱難處境。（出處：司馬遷《史記・項羽本紀》）

【例句】
1. 在四面楚歌的情況下，軍隊只好暫時退兵。
2. 即便是陷入了四面楚歌的境地，也要鼓起勇氣，堅持到底。

【近義】㊔四面受敵、㊔山窮水盡

【反義】㊔安然無恙、㊆衝出重圍

成語小百科

中國象棋的棋盤中間，寫有「楚河」、「漢界」，這個作為紅棋和黑棋的分界線，實際也是比喻項羽和劉邦之間的一場楚漢戰爭。

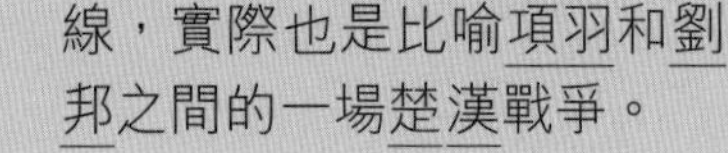

按兵不動 àn bīng bù dòng

【解釋】**原指暫時停止軍事行動，以觀望形勢，再作部署；現今亦指有任務卻暫時不進行任何行動。**

【例句】1. 軍隊駐紮下來，按兵不動，伺機發動反擊。
2. 因為去年的市道不好，投資者都先按兵不動，觀察一下市場的狀況再作決定。

【近義】[成]引而不發、[成]待機而動

【反義】[成]傾巢出動、[成]聞風而動

調兵遣將 diào bīng qiǎn jiàng

【解釋】**有策略地調動士兵，派遣將領，多用於形容調動及部署人力資源。**

【例句】1. 周瑜調兵遣將，準備與曹操的八十萬大軍決一死戰。
2. 下圍棋和作戰很相似，兩者都需要在適當的時候調兵遣將，確保棋和人都用得其所，這樣才可獲勝。

【近義】[成]勞師動眾、[成]運籌帷幄

【反義】[成]偃旗息鼓、[成]鳴金收兵

旗鼓相當 qí gǔ xiāng dāng

【解釋】旗鼓：古時作戰以搖旗擊鼓指揮軍隊。比喻雙方力量不相上下。

【例句】1. 大家都以為他打網球所向無敵，但遇到美芬之後，發現兩人的實力旗鼓相當。
2. 表示同意與反對的民意支持率旗鼓相當，社會因此而未能對這個議題達成共識。

【近義】[成]棋逢敵手、[成]勢均力敵

【反義】[成]天壤之別、[成]判若雲泥

鹿死誰手 lù sǐ shuí shǒu

【解釋】鹿：古代狩獵的主要目標，比喻政權。比喻雙方或多人共爭帝位或某事物，不知誰能取得最後的勝利。

【例句】1. 現在兩軍交戰還未分出勝負，鹿死誰手還很難說。
2. 世界盃足球賽即將開始，這一屆將鹿死誰手，所有的觀眾都翹首以待。

【近義】[成]勢均力敵、[詞]難分勝負

【反義】[成]穩操勝券、[成]勝券在握

破釜沉舟

pò fǔ chén zhōu

小貼士：「釜」不能寫作「斧」。

【解釋】**釜：鍋；舟：船。砸碎鍋子，鑿沉船隻。比喻不留退路，有必勝的決心。**

【典故】秦朝末年，秦軍大將章邯攻打趙國。趙軍退守巨鹿，並被秦軍重重包圍。楚懷王封宋義為上將軍，項羽為副將軍，率軍救援趙國。

宋義率兵至安陽後，接連四十多天按兵不動。後來，軍中缺糧，軍隊士氣低落，項羽難忍宋義退縮，於是殺了宋義。隨後，項羽在全軍渡黃河後下令把所有的船隻鑿沉，打破燒飯用的鍋，燒掉自己的營房，只帶三天乾糧，以此表示要與秦軍決一死戰，不留退路。

後人以「破釜沉舟」形容人抱持如項羽抗秦軍的決心，絕不退縮。

【例句】1. 只要有破釜沉舟的決心，就沒有辦不到的事情。

2. 戰士們毫不畏懼，決定破釜沉舟，英勇地衝向敵人。

【近義】[成]孤注一擲、[成]義無反顧

【反義】[成]急流勇退、[成]以退為進

過關斬將 guò guān zhǎn jiàng

【解釋】**克服一連串的難關，完成任務。比喻事情非常順利。**

【例句】1. 他一路過關斬將，終於奪得錦標賽冠軍。
2. 兩位參賽者過關斬將，終於在決賽時碰面了。

【近義】[成]一帆風順、[成]節節勝利

【反義】[成]一波三折、[詞]屢戰屢敗

穩操勝券 wěn cāo shèng quàn [褒]

【解釋】**做事或比賽時，很有信心可以取得勝利。**

【例句】1. 哥哥的實力遠遠超出其他參賽者，可以說是穩操勝券，輕鬆奪魁。
2. 為了使這一仗穩操勝券，教練費盡心思，籌劃出一個周全的方案。

【近義】[成]萬無一失、[成]十拿九穩

【反義】[成]一籌莫展、[詞]喪失信心

旗開得勝 qí kāi dé shèng 褒

【解釋】**形容戰鬥順利，一開戰就取得了勝利。比喻做事或比賽一開始就取得成功。多與「馬到功成」連用。**

【例句】1. 我們預祝香港運動員旗開得勝，在國際體壇上再次寫上光輝的一頁。

2. 在奧林匹克運動會跳水項目中，中國隊旗開得勝，取得不少獎牌。

【近義】成 馬到功成、成 首戰告捷

【反義】成 丟盔棄甲、成 一戰即潰

辨析

「旗開得勝」與「馬到功成」的區別：「旗開得勝」側重於描寫勝利，較多用於比賽一類場合；「馬到功成」側重於描寫成功，較多用於各種工作。

出奇制勝 chū qí zhì shèng 褒

【解釋】**用巧妙的技術取得勝利。一般用於軍事上；也可泛指用奇妙的、使人意想不到的策略或方法取勝。**

【例句】1. 教練讓哥哥在球賽中轉換打法，果然出奇制勝，贏得了這場比賽。

2. 她在時裝設計比賽中以環保為主題，充滿創意的構思起到了出奇制勝的效果。

【近義】成 神機妙算、詞 奇招取勝

【反義】成 一籌莫展、成 乏善可陳

潰不成軍 kuì bù chéng jūn 貶

【解釋】**潰：散亂。軍隊被打得七零八落，像一盤散沙。形容軍隊慘敗。**

【例句】1. 敵人幾次發動進攻，都被我方將士打得潰不成軍。
2. 在我們球隊的猛烈攻擊下，對方球隊早已潰不成軍。

【近義】成土崩瓦解、成轍亂旗靡、成一敗塗地

【反義】成所向披靡、成無往不勝

全軍覆沒 quán jūn fù mò 貶

小貼士：「覆」不能寫作「複」。

【解釋】**覆沒：翻沉。整個軍隊都被消滅了。比喻徹底失敗。**

【例句】1. 哥哥的桌球打得特別好，每次比賽幾乎都讓對手全軍覆沒。
2. 在病人和藥物的共同努力下，身體內的病菌最終全軍覆沒。

【近義】成一敗塗地、成落花流水、成片甲不留

【反義】成得勝回朝、詞凱旋而歸

一次難忘的圍棋比賽

我喜歡下圍棋，因為下圍棋就像打仗一樣需要調兵遣將、講究策略。學了三年圍棋，早已忘記很多次下棋的情景，但有一盤棋卻一直刻在我的心中。

那天，我興致勃勃地來到了圍棋室參加比賽。一開始我迅速地佔領了幾個重要的星位[①]，並按老師的要求走了幾個定式[②]。走完定式後，雙方便開始一場旗鼓相當的爭奪地盤之戰。

寫作小貼士

用「旗鼓相當」來暗示我和對手實力相近，將展開一場激烈的對戰。

我加固了防線，嚴陣以待，心想你有多大本事也無法攻入我的地盤。隨後，對手在我的防護線上下了幾顆棋子，但我不以為然，繼續擴大自己的地盤。誰知，對手又下了一子後，我大吃一驚：唉，真是防不勝防[③]啊！看似穩固的地盤裏竟然被吃掉了不少棋子。頓時，好像一盆冰水從我頭上潑了下來。

隨着棋局深入，局勢對我非常不利。對手旗開得勝，一路衝鋒陷陣[④]，鋭不可當[⑤]，而我則節節敗退[⑥]，潰不成軍。這時對手仰靠在椅背上，一副穩操勝券的樣子。我心想，既然事已至此，只有破釜沉舟，放手一搏了！於是，我冷靜思考，分析盤面。對方雖佔優，但也不是無懈可擊[⑦]，在一些關鍵點上有很多漏洞。於是我強攻對手棋「中腹」的大塊「孤棋」，並展開了猛烈追殺。對手見我來勢洶洶[⑧]，不敢大意，也謹慎應對。我眼看着他的「孤棋」和右邊的「大本營」即將聯絡上，意識到不能強攻。我靈機一動[⑨]，鎮靜地一「立」，對手按平時的常用招法輕輕一「扳」。我立刻強行將黑棋的「大龍」切斷，就此「屠龍」。這一步讓我絕處逢生[⑩]，卻令對手傻了眼。我趁機大舉反攻，殺得對手幾乎全軍覆沒，而我則盡收失地。

寫作小貼士

文中用不同的成語加強氣勢，讓讀者有如親臨其境。

就這樣，我從被動變成了主動，一路過關斬將，風捲殘雲[⑪]般把對手的黑棋消滅了大半。每當回想起這次棋局，都使我感觸很深，它堅定了我面對挑戰的勇氣，同時也提醒我，任何時候都不能驕傲和大意，因為「一招不慎」，便會招致「滿盤皆輸」啊。

寫作小貼士

運用成語恰當地描述比賽中的緊張情景，精練而傳神。

釋詞

① 星位、②定式：圍棋中使用的術語。
③ 防不勝防：難以防備。
④ 衝鋒陷陣：形容深入敵方的領地作戰，非常勇猛。
⑤ 鋭不可當：氣勢洶洶，難以抵擋。
⑥ 節節敗退：在戰場上因不斷失利而不停後退。
⑦ 無懈可擊：沒有任何漏洞可讓人攻擊。
⑧ 來勢洶洶：形容事物來到的氣勢巨大。
⑨ 靈機一動：忽然有主意。
⑩ 絕處逢生：在本來毫無出路的困境中找到生路。
⑪ 風捲殘雲：比喻一下子消失不見。

有趣的野戰遊戲

這個暑假，舅舅帶我和表哥參加了一次青少年野戰活動。

來到以農場為基地的野戰場，教官將參加活動的人員分成了兩隊，並給大家分發了跟叢林顏色十分接近的盔甲。盔甲上有五個鐳射接收點，與感應槍相通，若不幸被「敵人」擊中，盔甲會產生震動，同時還會發出報警聲。

「守衛隊」的隊員急不可待地找好掩護，按兵不動，等着我們「攻擊隊」自投羅網[1]，其實我們這邊也早已整裝待發。我方首先派出兩位「偵察兵」上山一探虛實。沒想到，「偵察兵」才剛進入敵區，就中了「守衛隊」的「埋伏」。看着隊友的處境岌岌可危[2]，剩下的人立刻朝林中一個得到最少掩護的目標衝去。因為敵方比我們早一步上山，他們對林中的環境比我們清楚得多，如果我們逞匹夫之勇[3]，結果肯定是「全軍覆沒」。於是我們決定由前排隊友掩護，讓後面的人可以順利上山。有了掩護之後，我們進攻的速度果然快了不少，很快出奇制勝地攻下了敵方第一個堡壘。正當我們準備向敵方的第二個堡壘進攻時，一陣鋪天蓋地[4]的「掃射」，將我方前排的掩護隊友全部「擊斃」。在「生死存亡[5]」的緊要關頭，我們決定分散敵人的注意力，分兩支小隊進攻。只可惜此時我方「倖存」人員太少，擋不住敵人的槍林彈雨[6]，沒多久，我們在第一局中便以全軍覆沒告終。

寫作小貼士

此時成語的運用生動地描述了兩隊準備互相「進攻」的緊張氣氛。

寫作小貼士

多個成語的恰當運用，使遊戲的進程如在眼前，生動而傳神。

第二場換我們做「守衛隊」，在敵方兵臨城下[7]之前，當務之急[8]要先將自己藏得更好。這回我們決定利用地理優勢，讓敵人順利上到半山腰，再以左右包抄的方式，將他們一網打盡[9]。敵方果然中計，就在他們以為自己進入我方營地之時，「我軍」的槍林彈雨很快讓他們陷入四面楚歌的境地……

這次的活動讓我意識到：勇氣很重要，可智慧卻是解決問題的根本。

① 自投羅網：比喻落入他人的陷阱或自取滅亡。
② 岌岌可危：形容處境十分危險。
③ 匹夫之勇：一時衝動所激發的勇氣，有勇而無謀。
④ 鋪天蓋地：形容聲勢浩大而威勢猛烈。
⑤ 生死存亡：生存或死亡只差一線。
⑥ 槍林彈雨：子彈四處橫飛，形容戰爭非常激烈。
⑦ 兵臨城下：敵軍來到我軍據點外圍。
⑧ 當務之急：當下最急切要做的事。
⑨ 一網打盡：比喻排斥異己，不留敵方的任何一人。

成語訓練營

一 成語填充

子俊在路邊意外地看到一大羣螞蟻。根據圖意，選出適當的成語，填在橫線上。

潰不成軍　整裝待發　按兵不動　全軍覆沒

1. 一大羣螞蟻正 ______，準備從樹下經過，牠們走得這麼匆忙，是在搬家嗎？

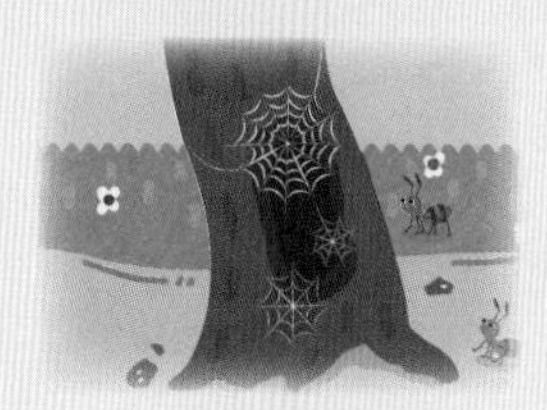

2. 可是，為什麼螞蟻要繞那麼一大圈才回家呢？仔細一看，原來樹洞周圍早已布滿了蜘蛛網，蜘蛛在旁 ______，只等着昆蟲們自投羅網。

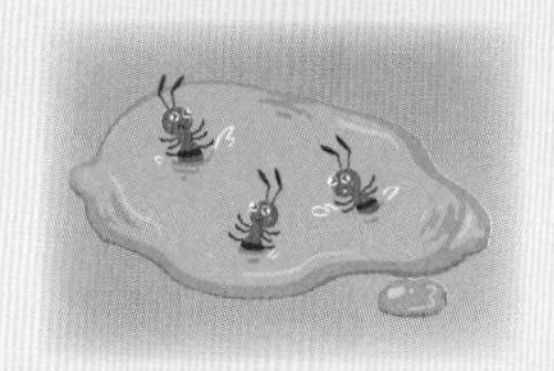

3. 忽然車子駛過，濺起地上的水，巨大的水花落在螞蟻們身上，令牠們幾乎 ______，恐怕牠們都劫數難逃。

4. 水中的螞蟻像一盤散沙，______，這時一片落葉從空中降落，正好掉在「水坑」附近，給了水中的螞蟻絕處逢生的機會。

二 成語運用

下面是一場球賽的評論，本單元所學的成語中哪個適合填在橫線上？

1. 開場三分鐘：藍隊和黃隊實力差不多，這將是一場 ______ 的精彩比賽。
2. 開場十分鐘：藍隊開始發動猛烈進攻，雖然黃隊 ______，準備充足，卻無法抵禦攻擊。
3. 開場二十分鐘：藍隊一鼓作氣，使黃隊 ______，不斷失分。
4. 開場三十分鐘：黃隊被打得幾乎 ______，不堪一擊。
5. 開場三十五分鐘：藍隊 ______，以比分五比零結束比賽。

二 圖說成語

下面人物的話語中該填入哪一個成語？從本單元所學的成語中挑選恰當的成語，填在橫線上。

1. 

我覺得兩位競選人 ________________，誰都有可能贏。

2. 

大蛇咬住了大象的鼻子，大象極力抵抗，究竟 ________________？

3. 如今設備已經安裝到位，下一步就該 ________________，組成一支優秀的技術人員隊伍，準備生產了。

4. 

新聞報道説飛虎隊隊員出盡奇招，結果 ________________，很快將人質解救了出來。

單元四 節日情景

鑼鼓喧天	震耳欲聾	響遏行雲	沸沸揚揚	人聲鼎沸
聲勢浩大	梟趣雀躍	熙熙攘攘	不絕於耳	光怪陸離
流光溢彩	火樹銀花	張燈結綵	黯然失色	

成語小學堂

鑼鼓喧天

luó gǔ xuān tiān 

小貼士：「鑼」粵音「羅」。

【解釋】**喧：聲音大。鑼鼓的聲音震天響。用敲鑼打鼓表示喜慶。**

【例句】1. 鑼鼓喧天的舞獅表演給新年增添喜慶的氣氛。

2. 商場門前鑼鼓喧天，熱鬧非凡。

【近義】㊂敲鑼打鼓、㊂吹吹打打

【反義】㊀萬籟俱寂、㊀鴉雀無聲

震耳欲聾

zhèn ěr yù lóng

小貼士：「震」不能寫作「振」，「聾」不能寫作「龍」。

【解釋】**欲：快要，像要。形容聲音特別大，幾乎把耳朵都震聾了。**

【例句】1. 演唱會結束後，場館內響起了震耳欲聾的掌聲。

2. 修路機器的轟鳴聲震耳欲聾，使路過的人都掩着耳朵。

【近義】㊀響徹雲霄　【反義】㊀萬籟俱寂、㊀萬籟無聲

「震耳欲聾」與「響徹雲霄」有別：「震耳欲聾」側重於形容聲音大而煩擾，有時帶有貶義；「響徹雲霄」側重於形容聲音響亮，多為褒義。

響遏行雲

xiǎng è xíng yún

小貼士：「遏」粵音「壓」。

【解釋】**遏：阻止。指聲音高入雲霄，使浮動着的雲彩也停住了。形容歌聲嘹亮有力，悅耳動聽。**

【典故】戰國時期秦國歌手薛譚向歌唱家秦青拜師學藝，經過一段時間的刻苦學習，薛譚的技藝有了很大的進步，於是向老師辭行。秦青在郊外設宴送行，席間唱了一首十分悲壯的歌曲，聲振林木，響遏行雲，薛譚覺得十分慚愧，於是留下繼續學習。

後人以「響遏行雲」形容美妙的歌聲。

【例句】1. 觀眾席上的打氣歌聲和歡呼聲響遏行雲。

2. 意大利男高音巴伐洛堤擁有響遏行雲的歌聲。

【近義】㊀響徹雲霄

【反義】㊀悄無聲息

成語小百科

歌唱在人類社會有史以來一直是一種重要的音樂表現形式。春秋戰國時期歌唱十分盛行，幾乎是社會各階層的共同愛好。

沸沸揚揚 fèi fèi yáng yáng

【解釋】**沸沸：水翻滾的樣子；揚：掀動，升騰。指開水翻滾，氣泡升騰的樣子。比喻人聲喧擾，議論紛紛。**

【例句】1. 就在大家對事件的起因鬧得沸沸揚揚的時候，老師一踏進教室，大家立刻安靜下來。
2. 老師的提問使同學們沸沸揚揚地討論起來。

【近義】(成)人聲鼎沸、(成)議論紛紛

【反義】(成)鴉雀無聲、(詞)冷冷清清

人聲鼎沸 rén shēng dǐng fèi

小貼士：「鼎」不能寫作「頂」。

【解釋】**鼎：古代烹煮食物用的三條腿的器具；沸：沸騰。原比喻形勢不安定，現比喻聲音嘈雜，形容人羣的聲音吵吵嚷嚷，像煮開了鍋一般。**

【例句】1. 清晨的街市已經人聲鼎沸，十分熱鬧。
2. 農曆新年前，年宵市場人聲鼎沸，叫賣聲此起彼落。

【近義】(成)震耳欲聾、(成)人歡馬叫

【反義】(成)萬籟俱寂、(成)鴉雀無聲

聲勢浩大 shēng shì hào dà 褒

【解釋】**浩：廣大。聲威、氣勢都非常壯大的意思。多形容羣眾活動，如運動、遊行、起義等。**

【例句】1. 哥哥每年都會和他的隊友組織一次聲勢浩大的步行籌款活動。

2. 觀眾席上，無數的球迷組成了聲勢浩大的助威大軍為運動員打氣。

【近義】成大張旗鼓、成氣壯山河　【反義】成無聲無息

辨析

「聲勢浩大」和「大張旗鼓」都有聲勢大的意思。「聲勢浩大」偏重在聲勢大；「大張旗鼓」偏重在規模大。「聲勢浩大」多指事業或運動的聲勢很大；而「大張旗鼓」比喻開展某項工作的聲勢和規模大。「聲勢浩大」常作為形容詞，用來修飾名詞；而「大張旗鼓」常用作副詞。例如：舉行了一次聲勢浩大的遊行；大張旗鼓地進行滅蚊工作。

鳧趨雀躍 fú qū què yuè 褒

【解釋】**像快步行走的鳧和跳躍的麻雀一樣，形容歡欣鼓舞。**

【例句】1. 足球比賽上，運動員的每一個進球都會讓觀眾們鳧趨雀躍。

2. 得知爸爸要帶我們出國旅遊的消息之後，我和哥哥立刻鳧趨雀躍起來。

【近義】成歡天喜地、成興高采烈

【反義】成肝腸寸斷、成叫苦不迭

熙熙攘攘 xī xī rǎng rǎng

【解釋】形容人來人往、非常熱鬧的情況。

【例句】1. 每天早上，中環的街道都是熙熙攘攘的，四處都是趕着上班的人。

2. 媽媽正焦急地在熙熙攘攘的花市中尋找走丟了的妹妹。

【近義】[成]熙來攘往、[成]絡繹不絕、[成]摩肩接踵

【反義】[成]門可羅雀

不絕於耳 bù jué yú ěr

【解釋】絕：斷絕。聲音在耳邊響個不停。

【例句】1. 演唱會現場的掌聲和歡呼聲不絕於耳。

2. 上課的鈴聲不絕於耳，彷彿在催促操場上的同學快步奔向教室。

【近義】[成]餘音繚繞

【反義】[成]默默無聲

光怪陸離 guāng guài lù lí

【解釋】**光怪：光彩奇異；陸離：各式各樣、變化多端的樣子。形容形狀奇怪，色彩繁雜。**

【例句】1. 石洞內各種光怪陸離的鐘乳石、石筍，引起了遊客們極大的興趣。

2. 各種數不盡的離奇念頭、光怪陸離的幻象、奇特的聲響，一齊向她襲來，使她感到恐懼。

【近義】(成)五彩繽紛、(成)五光十色

【反義】(成)千篇一律、(成)平淡無奇

流光溢彩 liú guāng yì cǎi

【解釋】**流光：流動、閃爍的光彩；溢彩：色彩像要溢出來。多用於形容車燈、霓虹燈等；有時候也用來形容時裝表演和珠寶。**

【例句】1. 入夜後的香港燈火通明，到處都呈現出一片流光溢彩的景象。

2. 時裝表演上，流光溢彩的服裝展示讓觀眾看得眼花繚亂。

【近義】(成)絢麗多彩、(成)光彩奪目

【反義】(成)暗淡無光

火樹銀花 huǒ shù yín huā

【解釋】**火樹：火紅的樹；銀花：銀白色的花。指樹上掛滿綵燈，燈光閃亮，絢麗燦爛，多用來形容節日晚上，燈火燦爛的景象。**

【典故】唐睿宗是唐代君主中最會享樂的一位皇帝，不管什麼佳節，他總要用很多的人力物力去鋪張一番，供他遊玩。每年正月元宵的夜晚，他一定會命人紮起二十丈高的燈樹，點起五萬多盞燈，號為「火樹」。後來詩人蘇味道寫了一首詩，描繪火樹的形態：「火樹銀花合，星橋鐵鎖開，暗塵隨馬去，明月逐人來。」 後人以「火樹銀花」形容節日夜晚到處張燈結綵的景象。（出處：蘇味道《正月十五夜》）

【例句】
1. 除夕夜，維多利亞港上空綻放煙花，整個港灣變成火樹銀花，仿似不夜天。
2. 火樹銀花的景色不僅令寂靜的夜空變得璀璨，更增添了香港的魅力。

【近義】㊔張燈結綵、㊔燈火輝煌

【反義】㊔昏天黑地、㊔黑燈瞎火、詞 漆黑一片

張燈結綵 zhāng dēng jié cǎi 褒

【解釋】**張：陳設、鋪排；結：結紮、繫。掛上燈籠，紮上彩色綢緞。形容節日或喜慶的景象。**

【例句】1. 香港的中秋節到處張燈結綵，洋溢着喜慶歡樂的節日氣氛。

2. 整座城市到處張燈結綵，準備迎接節日的到來。

【近義】成火樹銀花、詞披紅戴綠

黯然失色 àn rán shī sè

【解釋】**黯然：心裏不舒服、情緒低落的樣子；失色：因驚恐而變了臉色。本指心情不好，臉色難看；後多比喻相比之下，事物彷彿失去原有的色澤、光彩。**

【例句】1. 煙花在空中絢爛綻放，讓滿天的星星都黯然失色。

2. 弟弟唱歌很動聽，但在這位歌唱比賽冠軍面前，頓時顯得黯然失色。

【近義】成相形見絀、成相形失色

【反義】成光彩奪目、成不相上下

辨析

「黯然失色」和「相形見絀」都可表示相比之下，顯得不夠的意思，常可通用。兩者的不同在於：「黯然失色」的語義較重，是形象的比喻；「相形見絀」語義較輕，是直接陳述的。「黯然失色」可用於強調失去顏色，暗淡無光；「相形見絀」一般只是説相互比較之下顯出一方的不足。

錢塘江觀潮

為了一睹「天下奇觀」的錢塘江大潮，我們來到了浙江 杭州。因為適逢漲潮，正是觀潮的好時機，所以一下飛機我們就直奔觀潮台。

此時的錢塘江，江面一望無際[1]，水與天連成了一條直線，除了岸邊沸沸揚揚的人羣，平靜的江面沒有半點潮湧的跡象和聲響。

中午時，突然傳來巨響，頓時人聲鼎沸，我們以為潮水來了，但放眼望去，江面還是風平浪靜[2]，看不出有什麼變化。過了一會兒，響聲越來越大，遠處出現連綿的浪頭，就像一條幼長的棉線，這時人羣又沸騰起來。

寫作小貼士

「人聲鼎沸」形象地展現出觀潮時人多而熱鬧的場面。

那條「棉線」不斷移近、擴大，隨後貫穿了整個江面。就像一場大電影即將開幕似的，大家鳧趨雀躍。可是接着，江水又恢復了之前的平靜。

寫作小貼士

運用成語恰當地描述出人們觀潮時的激動心情。

就在大家疑惑不解的時候，白色的「棉線」又開始繼續緩慢前進。此時的錢塘江就像一位神奇的魔術師，不費吹灰之力就將一條雪白的「棉線」換成了一塊用浪花織成的「地毯」。然後，魔術師又將無數的浪花點綴在「地毯」的最前端。「看啊，潮頭出現了！」人羣中有人指着「地毯」前的浪花，發出了歡呼聲。彷彿聽到了大家的歡呼似的，潮頭以勢如破竹[3]的氣勢跳躍着向前奔湧而來。隨着排山倒海[4]般的翻滾，錢塘江發出了聲勢浩大的轟鳴聲，那聲音震耳欲聾。

潮水越來越近，江面很快掀起巨大的白色浪頭。潮水如萬馬奔騰[5]般湧動，拍打在岸邊的石礁上，激起了數米高的浪花，四處散開的浪花有如雨點般散落在人們身上。待我們回過神來，潮頭已向西邊湧去，可是江面上依舊波濤洶湧。過了一段時間，錢塘江才平靜下來。

這次觀潮中氣勢磅礡的潮水讓我感受到大自然的神奇，錢塘江大潮不愧為「天下奇觀」。

① 一望無際：一眼看去望不到邊際。
② 風平浪靜：無風無浪。
③ 勢如破竹：比喻打仗或工作毫無阻擋，節節勝利。
④ 排山倒海：比喻力量或氣勢十分巨大。
⑤ 萬馬奔騰：形容聲勢浩大。

流光溢彩話元宵

「去年元夜時，花市燈如晝」描繪的是每年農曆正月十五日元宵節夜晚的盛況。元宵節在中國已有二千多年的歷史。按中國民間的傳統，在這天皓月高懸的夜晚，人們要點起綵燈萬盞，以示慶賀。因此「元宵節」又叫「燈節」。從古到今，正月十五看花燈，成為人們必不可少的傳統活動。

關於「燈節」的來源，民間傳説有多個版本，其中之一説是漢明帝劉莊信奉佛教，下令皇宮寺廟、民間百姓要在正月十五這天點燈敬佛。後來，這一禮儀逐漸演變為民間盛大節日。到了正月十五這一天晚上，各地的大街小巷、民宅商舖無不張燈結綵，歌舞奏樂，絲竹弦管之聲不絕於耳。到了唐代，賞燈活動更加興盛，皇宮裏、街道上處處掛燈，還要建立高大的燈輪、燈樓和燈樹，到處火樹銀花，鑼鼓喧天，這情景恐怕令到天上的星星和月亮都會黯然失色。到了明代，明太祖朱元璋在金陵即位後，要把京城變得興旺，又規定正月初八上燈，十七落燈，連掛十天，家家户户掛上綵燈，京城一片燈火輝煌[1]。光怪陸離的綵燈上繪上各種人物。燈火整夜不滅，笙歌達旦[2]，人們鳧趨雀躍。

寫作小貼士
這些成語形容節日的美景和熱鬧氣氛非常合適。

明代時，元宵節的活動還增加了戲曲表演。每到節日，各劇院團、班社，紛紛競演好戲，特別是一些結尾大團圓的劇目。故事內容往往是懲惡除奸、昭雪冤案、母子團圓、正義得伸，而且必定有響遏行雲的唱段，令觀眾完全沉浸在節日的祥和、喜慶氛圍當中。

寫作小貼士
運用成語來概括戲曲唱段的特點，簡練生動，給人印象深刻。

釋詞
① 燈火輝煌：形容燈光非常燦爛，也用作比喻熱鬧的情況。
② 笙歌達旦：形容樂聲歌聲非常熱鬧。

一 成語判斷

下面是中秋節燈會的圖片，哪些成語可以用來形容圖片中的景色？把它們圈出來。

火樹銀花　響遏行雲

震耳欲聾　沸沸揚揚

人聲鼎沸　黯然失色

不絕於耳　聲勢浩大

鑼鼓喧天　鳧趨雀躍

二 成語分類

將相同類別的成語歸類，填在橫線上。

光怪陸離　震耳欲聾　流光溢彩　響遏行雲　張燈結綵　人聲鼎沸

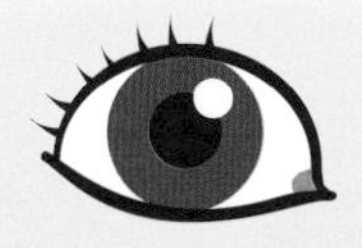

____

____

____

____

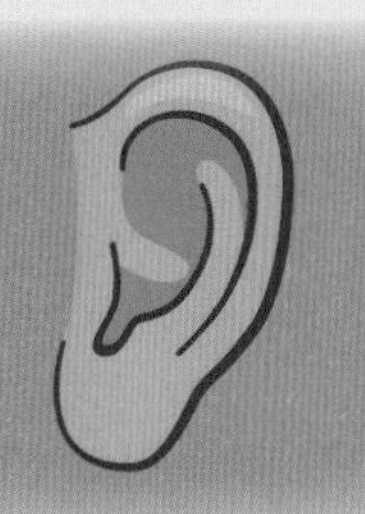

三 成語填充

選出適當的成語，填在段落的橫線上。

流光溢彩	黯然失色	聲勢浩大	不絕於耳
熙熙攘攘	震耳欲聾	張燈結綵	梟趨雀躍

晚上八時，我們一家前往維多利亞公園觀燈賞月。今天的公園裏 1. ________________，滿眼的燈飾令節日氣氛十分濃厚。前來觀賞遊玩的人 2.________________，絡繹不絕。公園裏的花燈真多啊！到處火樹銀花，讓人看得眼花繚亂，就連天上的星星都 3. ________________ 了呢！

水槍、七巧板、飛行棋等我們平常所見的玩具，現時都變成了巨大的花燈。在一片 4. ________________ 的景象中，一盞七米多高的中式造型花燈最受矚目。這座花燈分為五層，八角頂上綴有蓮花燈，燈中間還有不同的傳統民間故事角色，如「走馬燈」般緩緩轉動。

到了十時左右，伴隨着 5.________________ 的鑼鼓聲，6.________________ 的大坑舞火龍進入了維多利亞公園，將花燈會帶入了高潮。只見一條長六十多米的火龍，由上百人舞動，龍身上插有上萬枝線香，在公園內飛舞翻騰，火光閃爍，人們見了無不 7.________________，興奮不已。掌聲、歡笑聲 8.________________。剎那間，整個公園變成了歡樂的海洋，這樣熱鬧而喜慶的場面真是令人難忘！

單元五 奇山異水

崇山峻嶺	重巒疊嶂	鬼斧神工	懸崖峭壁	蔚為奇觀
一瀉千里	排山倒海	雷霆萬鈞	驚濤駭浪	洶湧澎湃
波瀾壯闊	浩浩蕩蕩	氣勢磅礴	氣吞山河	

成語小學堂

崇山峻嶺 chóng shān jùn lǐng

【解釋】**崇:高;峻:山高而陡。又高又陡峭的山嶺。**

【例句】1. 火車呼嘯着紮進崇山峻嶺之中,沒有絲毫畏懼。

2. 萬里長城蜿蜒於崇山峻嶺之間,綿延幾千公里,非常壯觀。

【近義】㊂重巒疊嶂　【反義】㊂一馬平川

重巒疊嶂 chóng luán dié zhàng

小貼士:「重」粵音「蟲」,「巒」粵音「聯」。

【解釋】**重:重重疊疊;巒:連綿的山。山峯一個連接一個,連綿不斷。**

【例句】1. 纜車平穩地向上行駛,窗外重巒疊嶂,白色的雲霧似一條條玉帶在山腰纏繞,如夢似幻。

2. 從這水墨畫中,你能感受到山的重巒疊嶂、水的活潑自由、樹的枝葉繁茂……處處透露出充滿意境的美。

【近義】㊂千峯百嶂、㊃連綿起伏

【反義】㊂一馬平川

鬼斧神工 guǐ fǔ shén gōng 褒

【解釋】像是鬼神製作出來的。形容藝術技巧高超，不是人力所能達到的。

【典故】魯國技藝非常高超的木匠梓慶，他用木頭雕了一個樂器，外形精美，花紋精細，人們對它一致讚賞，認為不是人工做出來的，實屬鬼斧神工。梓慶回答說：「只要忘記一切，專心致志就可以達到這樣的境界。」後人以「鬼斧神工」形容高超的技藝。（出處：《莊子 · 達生》）

【例句】1. 大自然的鬼斧神工造就雲南石林形態各異的大石。
2. 人工建築始終無法勝過大自然的鬼斧神工。

【近義】成巧奪天工、成精雕細琢　　【反義】成粗製濫造

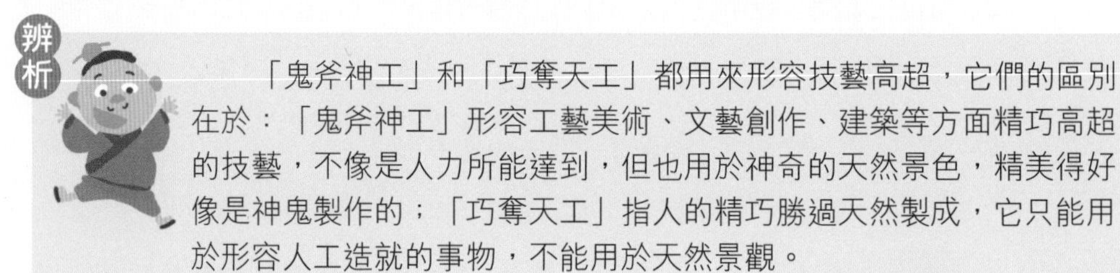

辨析

「鬼斧神工」和「巧奪天工」都用來形容技藝高超，它們的區別在於：「鬼斧神工」形容工藝美術、文藝創作、建築等方面精巧高超的技藝，不像是人力所能達到，但也用於神奇的天然景色，精美得好像是神鬼製作的；「巧奪天工」指人的精巧勝過天然製成，它只能用於形容人工造就的事物，不能用於天然景觀。

懸崖峭壁 xuán yá qiào bì

【解釋】**峭壁：陡峭的石壁。形容山勢險峻。**

【例句】1. 松樹在懸崖峭壁上向人們揮手致意，令人佩服它在這樣的環境下依然屹立不倒。

2. 每逢春天和秋天的採蜜季節，喜馬拉雅山深山一帶的採蜜人員便會冒着粉身碎骨的危險，在懸崖峭壁間工作。

【近義】[成]崇山峻嶺

【反義】[成]一馬平川

蔚為奇觀 wèi wéi qí guān [褒]

【解釋】**蔚：茂盛。無數景象匯聚成奇異、獨特的景觀。**

【例句】1. 這裏山峯交錯縱橫，重巒疊嶂，真是蔚為奇觀。

2. 幾萬株鬱金香一起綻放，萬紫千紅，蔚為奇觀。

【近義】[成]歎為觀止、[成]妙不可言

【反義】[成]平淡無奇

一瀉千里 yī xiè qiān lǐ

【解釋】**瀉：水往下直注。形容江河奔流直下，流得又快又遠；比喻文筆或樂曲氣勢暢達、奔放；也用於形容價格猛跌不止。**

【例句】1. 決堤的洪水一瀉千里，淹沒了許多村莊和農田。
2. 由於經濟不景，這間公司的股價一瀉千里，很快便倒閉了。

【近義】㊀一落千丈、㊀一蹶不振、㊂奔流直下

【反義】㊀節節上升

「一瀉千里」與「一落千丈」有別：「一瀉千里」強調速度，指流得快而遠，常指水流急速、文筆奔放等；「一落千丈」強調深度，指降得快、跌得深，常形容地位、聲望、權力等急劇下降。

排山倒海 pái shān dǎo hǎi

【解釋】**高山和大海也推開、翻倒。形容力量強盛，聲勢浩大，不可阻擋。**

【例句】1. 海嘯以排山倒海之勢，沖向那個海邊的城鎮。
2. 政府辯解的聲音很快便淹沒在人們對它排山倒海的批評聲浪中。

【近義】㊀翻江倒海、㊀翻天覆地　【反義】㊀風平浪靜

「排山倒海」和「翻江倒海」、「翻天覆地」都可形容聲勢浩大，力量巨大。但「排山倒海」多用來形容陣勢龐大和聲勢、力量巨大；「翻江倒海」能形容水勢浩大、心潮激蕩和混亂之極等；「翻天覆地」形容變化巨大而徹底。

雷霆萬鈞

léi tíng wàn jūn

小貼士：「霆」粵音「亭」。

【解釋】**霆：急雷；鈞：古代重量單位，三十斤為一鈞。形容威力極大，無法阻擋；也常用於形容氣勢洶洶的水勢。**

【典故】西漢時期，賈山寫《至言》向漢文帝進諫，他認為如廣開言路，開放地聽取各方對施政的意見，國家就會強大，好比「雷霆之所擊，無不摧折者；萬鈞之所壓，無不糜滅者。」意思是廣開言路的力量非常強大，能夠令萬民折服。漢文帝讀了覺得很有道理，就採納他的意見，廣開言路。後人取「雷霆萬鈞」來比喻事物的強大威勢。（出處：班固《漢書．賈山傳》）

【例句】1. 瀑布以雷霆萬鈞之勢傾瀉而下，令人歎為觀止。
2. 強烈風暴以雷霆萬鈞的姿勢撲向沿海城市，各地加強防範工作，不敢輕視。

【近義】[成]排山倒海、[成]雷厲風行

驚濤駭浪 jīng tāo hài làng

【解釋】「驚」和「駭」都有可怕的意思。猛烈、巨大的風浪。也可比喻考驗、困難、尖銳的鬥爭。

【例句】1. 在八號颱風吹襲下，停泊在避風塘的船隻都快要被海面掀起的驚濤駭浪打翻。

2. 雖然他的人生路上充滿驚濤駭浪，但他憑頑強的鬥志跨過重重難關。

【近義】[成]大風大浪、[成]波濤洶湧

【反義】[成]風平浪靜、[詞]風止波停

洶湧澎湃 xiōng yǒng péng pài

【解釋】洶湧：洪水猛烈上湧的樣子；澎湃：波浪互相撞擊的聲音。形容事物聲勢浩大，不可阻擋。

【例句】1. 輪船在洶湧澎湃的巨浪中上下顛簸，一會兒躍高，一會兒墜下。

2. 這場大雨過後，江河的水流變得洶湧澎湃，湧向大海。

【近義】[成]波瀾壯闊、[成]聲勢浩大、[成]波濤洶湧

【反義】[成]風平浪靜

波瀾壯闊 bō lán zhuàng kuò 褒

【解釋】**原形容水面遼闊，現比喻聲勢凌厲或規模巨大。**

【例句】1. 看着那波瀾壯闊的大海，雄渾而蒼茫，讓人把所有的煩惱全都拋到九霄雲外。

2. 人類創造的巨大物質財富和燦爛精神文明，構成了波瀾壯闊的文明發展。

【近義】成浩浩蕩蕩、成洶湧澎湃、成波濤洶湧

【反義】成風平浪靜

辨析

「波瀾壯闊」和「洶湧澎湃」都可用來形容水勢浩瀚或比喻聲勢浩大，它們的區別在於：形容水勢浩瀚時，「波瀾壯闊」強調雄偉壯闊、規模宏大；「洶湧澎湃」強調撞擊轟響，勢不可擋，偏重迅猛。

浩浩蕩蕩 hào hào dàng dàng

【解釋】**原形容水勢很大，後形容事物的廣闊壯大，或前進的人流聲勢浩大。**

【例句】1. 夏天到來的時候，這支由五百人組成的船隊就會浩浩蕩蕩從京城啟航。

2. 步行籌款的隊伍浩浩蕩蕩地由維多利亞公園出發。

【近義】成聲勢浩大、成氣勢磅礴

氣勢磅礴 qì shì páng bó 褒

小貼士：「磅礴」粵音「龐薄」，從「石」部。

【解釋】**磅礴：廣大無邊。「氣勢磅礴」形容氣勢雄偉壯大。**

【例句】1. 黃河自壺口一瀉而下，氣勢磅礴，不可阻擋。

2. 李白是偉大的詩人，他的作品想像奇特，氣勢磅礴，有獨特的個人風格。

【近義】成氣吞山河、成氣貫長虹

【反義】成有氣無力

辨析　「氣勢磅礴」與「氣吞山河」有別：「氣勢磅礴」着眼於氣勢，常用來描繪山、水的雄偉氣勢；「氣吞山河」着眼於氣魄宏大，常用來描繪人，包括人的氣質和聲音。如古人形容韓信：「背楚投漢，氣吞山河。知音未遇，彈琴空歌。」

氣吞山河 qì tūn shān hé

【解釋】**氣勢可以吞沒山河。形容氣勢很大。**

【例句】1. 畫中的老虎仰天長嘯，彷彿地動山搖，頗有氣吞山河的氣勢。

2. 為了給上陣比賽的國家代表打氣，歌聲、掌聲、口號聲響徹場館，場面壯觀、氣吞山河。

【近義】成氣勢磅礴、成聲勢浩大

【反義】成氣息奄奄、成萎靡不振

登泰山

泰山自古被譽為中國的五嶽之首，以雄偉壯觀名揚天下。今年暑假，我也有幸隨爸爸媽媽到泰山遊覽。

早上，我們遠遠望見泰山，便不由得驚歎：好一座氣勢磅礴的大山！行至山腳，我們由岱宗坊出發，過一天門，便到了孔子登臨處。也許是心中充滿了對這位大教育家的敬仰，站在此處，人人都顯得恭敬謙虛，也沒有人高聲說話。我們繼續往前，來到了以艱難攀登著稱的十八盤。

寫作小貼士

「氣勢磅礴」一詞既形象地勾畫出泰山高大的特點，又避免了陳詞濫調如：「泰山真高啊！」

十八盤分為慢十八、中十八和緊十八。慢十八平緩，三五級台階後有一段平路，走起來尚算輕鬆。可到了中十八，就讓人有些吃力了，階梯一級連一級，近百級才讓人稍作喘息。置身中十八，連綿起伏的山路和兩側的懸崖峭壁成了人們眼中惟一的風景。但這還不算最困難的，等來到緊十八，你才真正體會到什麼是驚心動魄[1]：台階的側面幾乎呈三角形，每走一步都需格外留心，否則就會跌入萬丈深淵。遙看前方的南天門，近看腳下的台階，我們還是專心地低頭走路好了。

寫作小貼士

簡短的成語讓人產生無限遐想，同時能增加文采。

終於步入南天門，我們登上玉皇頂，站在刻有「五嶽獨尊」的巨石旁，心中無限自豪。極目遠眺，崇山峻嶺之間雲霧繚繞，景物影影綽綽[2]，大自然的鬼斧神工讓人為之折服，我也終於體會到什麼是「會當臨絕頂，一覽眾山小」。

遊完玉皇廟，稍作休息，我們便乘纜車下山，踏上了歸程。

釋詞

① 驚心動魄：深深觸動人，形容非常大的震撼。
② 影影綽綽：形容朦朧的景象。

氣勢磅礴的尼加拉瓜大瀑布

「飛流直下三千尺，疑是銀河落九天」，自從學了這首詩以後，我常被詩仙李白描繪的這幅雄奇景象所吸引，夢想着有一天能親眼目睹那飛瀑凌空、一瀉千里的壯觀景象，沒想到今年暑假在舉世聞名的尼加拉瓜大瀑布前實現了這個願望。

在離大瀑布十多公里的時候，我們就看見遠處一條又長又寬的水帶凌空而起，澎湃的波濤聲中似乎隱藏着雷霆萬鈞之力。我想：這麼遠都能看到瀑布濺起的水汽，這瀑布可真不是一般的巨大呀！

當我們乘坐的遊船接近水流湍急的瀑布時，瀑布彷彿從天而降，以氣吞山河的磅礴氣勢飛流直下，產生了巨大的水汽與浪花，發出震耳欲聾的響聲，如千軍萬馬在奔騰，在峽谷中久久回蕩。那波瀾壯闊的氣勢，震撼了所有前來觀賞的遊人，讓人不得不佩服大自然的鬼斧神工。

寫作小貼士

運用成語分別描述大瀑布的氣勢與聲響，既簡潔又傳神，能使人如身臨其境，親眼見到和聽到作者筆下的場景。

我們下了船，登上觀瀑台。從觀瀑台上往下看，河水猶如脫韁的野馬，浩浩蕩蕩奔湧而來；又如大壩決堤，掀起驚濤駭浪，大有排山倒海之勢。激流砸在岩石上激起千重浪花，在陽光下飛騰而起的水霧築起了一座彩虹天橋，將人帶入雲霧繚繞的意境。幾隻海鳥迎着浪花飛翔在迷濛的水霧之中，沒有被雄偉的大瀑布嚇怕。

寫作小貼士

「浩浩蕩蕩」、「驚濤駭浪」、「排山倒海」三個成語將瀑布之上的河流奔湧的氣勢描繪得淋漓盡致。

看着眼前洶湧澎湃的巨浪，聽着震耳欲聾的濤聲，我們每個人都興奮地尖叫起來，這尖叫聲與大瀑布的咆哮混為一體，響遏行雲。那場景深深地刻在我的心裏，成為心底最深刻的記憶。

寫作小貼士

運用成語來概括對大瀑布的感想，既可以使文辭富有氣勢，更能使讀者印象深刻。

一 成語辨別

小朋友們在書寫成語的時候產生了疑惑，不知道寫哪個字才是正確的，請你幫助他們將正確的字圈出來。

1. 重巒疊（嶂／障）
2. 波瀾（狀／壯）闊
3. 鬼（釜／斧）神工
4. 氣勢（旁薄／磅礴）
5. （崇／祟）山峻嶺
6. 雷霆萬（均／鈞）
7. 驚濤（駭／核）浪
8. （尉／蔚）為奇觀

二 成語填色

嘉豪老是弄不清楚什麼時候該用成語「鬼斧神工」，什麼時候該用「巧奪天工」，你能幫幫他嗎？給正確答案前的花朵填上顏色，答案可多於一個。

1. 在中式園林中常會出現亭臺樓閣，這些古色古香的建築上繪有飛禽走獸、遊龍戲鳳的圖案，活靈活現，✿鬼斧神工✿巧奪天工。
2. 黑灰色的岩石千姿百態，森然聳立，✿鬼斧神工✿巧奪天工般造就了一條條蜿蜒其中的窄徑和岩洞。

二 圖說成語

根據圖意，利用提供的成語造句。

1. 蔚為奇觀

____

____

____

2. 懸崖峭壁　鬼斧神工

____

____

____

單元六 藝術瑰寶

栩栩如生　活靈活現　琳瑯滿目　奇珍異寶　舉世無雙
別具一格　別出心裁　玲瓏剔透　美輪美奐　巧奪天工
爐火純青　渾然天成　入木三分　威風凜凜

成語小學堂

栩栩如生 xǔ xǔ rú shēng [褒]

【解釋】**指藝術品的形象非常逼真，如同有生命一樣。**

【例句】1. 這些栩栩如生的蠟像，看上去與真人沒什麼區別。
2. 街頭畫家把客人的肖像畫得栩栩如生，十分厲害。

【近義】[成]躍然紙上、[成]繪聲繪色、[成]活靈活現、[成]維妙維肖

【反義】[成]死氣沉沉、[成]呆若木雞

辨析

「栩栩如生」及「活靈活現」都有極為逼真的意思。它們的區別：「栩栩如生」側重於不會動的東西似乎有了生命；「活靈活現」側重於讓人覺得似乎看到了實品。

活靈活現 huó líng huó xiàn

【解釋】**形容神情逼真，猶如親眼看到一樣或親歷其境。**

【例句】1. 媽媽把故事講得活靈活現，使我聽得入了神。
2. 這個黃牛雕塑活靈活現，我彷彿看見牠向我衝過來。

【近義】[成]繪聲繪色、[成]維妙維肖、[成]躍然紙上、[成]栩栩如生

【反義】[成]死氣沉沉

琳瑯滿目

lín láng mǎn mù 

小貼士：「瑯」粵音「郎」。

【解釋】「琳瑯」指精美的玉石，比喻珍異的物品、詩文或人材。比喻滿眼都是珍貴的東西，美好的事物很多。

【典故】魏晉南北朝時，有人去拜訪太尉王衍，席間還遇到王戎、王敦和王導在座。這人在另一間屋裏，又遇見王詡和王澄。拜訪過後，他對人說：「今日太尉府一行，觸目所見，無不是琳瑯美玉。」

這裏指的「琳瑯美玉」其實是在形容俊俏而有才藝的男子。後來「琳瑯美玉」演變成今天的「琳瑯滿目」，用以形容眾多精美的玉石，比喻眼前充滿了好物品、好詩文或難得的人材。（出處：《世説新語．容止篇》）

【例句】
1. 琳瑯滿目的彩蛋讓復活節的氣氛更加熱烈。
2. 工藝品展覽會上，各類精緻的小玩意琳瑯滿目，吸引了不少人。

【近義】㊈美不勝收、㊈洋洋大觀　　【反義】㊂平凡之作

奇珍異寶 qí zhēn yì bǎo 

【解釋】**珍貴、難得的寶物。**

【例句】1. 據説，金字塔裏面有很多奇珍異寶，有很多都是獨一無二的。

2. 展覽廳擺出了一件奇珍異寶——年代久遠的青花瓷，吸引大批市民輪候觀賞。

【近義】(成)無價之寶、(成)和壁隋珠

【反義】(成)無足輕重、(成)竹頭木屑

舉世無雙 jǔ shì wú shuāng 褒

【解釋】**形容世界上再沒有第二個這樣的人或物，極其罕見稀有。**

【例句】1. 中國功夫舉世無雙，是獨特的非物質文化遺產。

2. 出生於巴西的比利是一個舉世無雙的著名足球員，他的球技不是一般人可以模仿的。

【近義】(成)蓋世無敵、(成)獨一無二

【反義】(成)無獨有偶、(詞)山外有山

別具一格 bié jù yī gé 褒

【解釋】**比喻另有一種獨特的風格或風味。**

【例句】1. 海邊矗立着一棟別具一格的建築物，使人眼前一亮。
2. 舞台上演員的服飾別具一格，充分配合角色的特點。

【近義】成別開生面、成別出心裁、成別有風味

【反義】成千篇一律、成如出一轍、成依樣葫蘆

別出心裁 bié chū xīn cái 褒

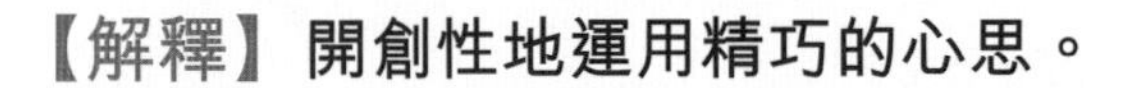

【解釋】**開創性地運用精巧的心思。**

【例句】1. 這本書改編了多個經典故事，內容新奇，別出心裁。
2. 主辦方選在街市門前舉行烹飪比賽，真是別出心裁。

【近義】成匠心獨運、成獨樹一幟

【反義】成千篇一律、成因循守舊、成墨守成規

辨析

「別出心裁」和「匠心獨運」都有想法獨特、不同凡響的意思，但「匠心獨運」偏重在「匠心」，指精巧的構思，一般用於獨特巧妙的藝術構思，範圍比「別出心裁」窄；「別出心裁」偏重在「心裁」，指心中的設計、籌劃，可表示構思、想法或辦法不同於一般，做事不按舊規矩，有新意。

玲瓏剔透 líng lóng tī tòu 褒

【解釋】 玲瓏：精巧。形容器物製作精細，空穴雕琢明晰，結構奇巧別致，多指鏤空精製的手工藝品。也可形容人聰明靈巧。

【例句】 1. 媽媽的手上戴着一隻玲瓏剔透的手鐲，十分好看。
2. 叔叔是玲瓏剔透的人，總能想出好方法，把事情處理得很好。

【近義】 成聰明伶俐、成伶牙俐齒、成小巧玲瓏

【反義】 成呆頭呆腦、成笨手笨腳

美輪美奐 měi lún měi huàn 褒

【解釋】 形容建築物裝飾得極為華美。

【例句】 1. 這座商場裝飾得美輪美奐，而且充滿現代感，讓人以為身處藝術館。
2. 這座大廈裏裏外外都覆蓋着淡藍色與淺黃色的瓷磚，色調還可隨光照條件而變化，堪稱美輪美奐。

【近義】 成富麗堂皇

【反義】 詞寒微簡陋、詞樸素平實

巧奪天工 qiǎo duó tiān gōng 

【解釋】**專指人工的精巧勝過天然製成，形容藝術技藝十分高超。**

【典故】東漢末年，曹操在官渡打敗了袁紹。曹丕攻陷鄴城進入袁府，搶了袁紹兒子袁熙的妻子甄姑娘，並娶她為妻。曹丕稱帝後，甄姑娘自然成為皇后。據説甄皇后梳洗打扮時都有一條小蛇在她面前盤成不同形狀。後來，她心生一計：不如就跟蛇的形狀來盤頭髮吧！從此以後，每天她都按照那條蛇的形狀盤頭髮。甄皇后的頭髮雖然是由人手盤成，但由於技巧超凡，令她縱然年過四十歲，仍十分美麗，曹丕盛讚她是巧奪天工。

人們後來以「巧奪天工」形容十分高的技巧。

【例句】1. 香港會議展覽中心正在展出來自世界各地、巧奪天工的手工藝品，人們看了無不讚歎。

2. 雖然自然決定了鑽石的色澤，但鑽石的光輝如何表現出來，有賴於工匠巧奪天工的技藝。

【近義】㊉鬼斧神工、㊉玲瓏剔透

【反義】㊉平平無奇

爐火純青 lú huǒ chún qīng 褒

【解釋】**本指道士煉丹時煉到爐裏發出純青色的火焰就算成功了，後用來比喻技巧達到純熟、完美的境界。**

【例句】1. 這位小提琴家花了多年時間，終於使技術爐火純青。
2. 王先生的書法技巧已經爐火純青，閉着眼都能寫字。

【近義】成出神入化、成鬼斧神工、成登峯造極、成揮灑自如

【反義】成羽毛未豐、成半路出家

辨析

「爐火純青」及「鬼斧神工」都有技藝高超的意思。「爐火純青」用於描述技術純熟至完美的境界；「鬼斧神工」多用於描述工藝表現與自然景象。

渾然天成 hún rán tiān chéng

【解釋】**指自然形成，沒有經過人為加工，形容才德或文章等自然完美。**

【例句】1. 她的優雅氣質和美麗外表渾然天成，讓人幾乎找不到缺點。
2. 這篇文章結構緊密，情節轉折自然，簡直是渾然天成，十分精彩。

【近義】成鬼斧神工

【反義】成精雕細刻

入木三分 rù mù sān fēn 褒

【解釋】**形容寫字十分有力，也比喻意見及論説深刻獨到。**

【例句】1. 這幅書法作品寫得剛勁有力，入木三分，十分精彩。
2. 爺爺常留意時事動態，所寫的評論文章視角獨特，話語犀利有力，真是入木三分。

【近義】㊈力透紙背、㊈鐵畫銀鈎

【反義】㊈不着邊際、㊈浮光掠影

威風凜凜 wēi fēng lǐn lǐn

小貼士：「凜」不能寫作三點水的「澟」。

【解釋】**形容聲勢或氣派使人敬畏。**

【例句】1. 國王威風凜凜地坐在馬車上，巡視着周圍。
2. 這座將軍雕像威風凜凜，令人望而生畏。

【近義】㊈叱吒風雲、㊈威風八面

【反義】㊈委靡不振、㊈威風掃地、㊈垂頭喪氣、㊈沒精打采

小瓷馬

我的書桌上放着一件瓷器——瓷馬。它既能供人觀賞，又能用來存錢。

這匹瓷馬看起來栩栩如生，造型更是別出心裁。牠的身體健壯渾圓，兩隻眼睛炯炯有神[1]，前面的一條腿凌空而起，另一條則稍微彎曲，後面兩條腿結實地蹬在地上，脖子上濃密的鬃毛此時彷彿要飄揚起來，仔細聽聽，似乎還傳來一聲淩厲的馬嘯。當天氣晴朗時，透進來的陽光會使它呈現別具一格的韻味。有時我都忍不住懷疑牠下一刻會不會飛奔而去呢！

寫作小貼士

開篇用三個成語及一些描述性詞語來概括事物特徵，交代清楚。

寫作小貼士

運用成語更能表現出瓷馬的與眾不同。

瓷馬奔放豪邁的姿態刻畫得維妙維肖[2]，引發了我無限的想像。

別看這匹瓷馬只有十厘米高，但只是看一眼，你就會被牠威風凜凜的氣勢所震懾住。所以，每當我無心學習時，我總會看看瓷馬，靜靜地感受一下牠那勇往直前[3]的精神。這樣，我就能很快地調整好情緒，重新投入到學習中。而當我取得進步時，牠看我的眼神似乎又變得柔和起來，誇獎我做得不錯呢！就這樣，牠成了我的知心朋友。

寫作小貼士

運用「威風凜凜」來描寫瓷馬氣勢不凡，增強表達力。

當然，如果手上碰巧有硬幣，我都會把它們投入瓷馬的身體裏，把牠「養肥」一點。

這匹瓷馬雖然不是奇珍異寶，卻讓我愛不釋手[4]！希望在以後的日子裏，它能繼續激勵我不斷前行。

釋詞

① 炯炯有神：形容眼睛明亮，很有精神。
② 維妙維肖：栩栩如生。
③ 勇往直前：沒有恐懼地奮勇向前。
④ 愛不釋手：喜愛地捨不得放手。

惠山泥人

惠山泥人是無錫的三大特產之一，名揚中外[1]。它來自惠山山麓，因而得名。

原來惠山山腳下有一種細膩純淨、可塑性極好的黑土——這是製作惠山泥人的原料。經過捏胚、彩繪和開相等工序，惠山泥人就完成了。

惠山泥人的體態圓潤，線條優美，色彩豐富，當中還分為「粗貨」和「細貨」兩類。「粗貨」用模具大量生產，大多以喜慶吉祥為題材，像大阿福、老壽星等，寄託着人們祈求平安、豐衣足食[2]的願望；「細貨」即手捏泥人，主要取材於戲曲人物、神話傳説、民風習俗等。無論是哪類作品，藝人都會把它們刻畫得入木三分。

寫作小貼士

「入木三分」形容藝人的功力十分深厚。

在琳瑯滿目的惠山泥人中，最具代表性的是一對男女兒童，即泥塑大阿福。兩個泥娃面帶笑容，盤膝而坐，身穿五彩繽紛[3]的衣服，非常惹人喜愛。人們喜歡把他們擺在家中，也喜歡用來餽贈親友，因為他們是平安、幸福的吉祥象徵呢！

惠山泥人外形精美，活靈活現，在它們的背後，是一雙雙巧手在為了傳承中國文化和傳統手工藝技術而努力着。在不斷練習和創新中，藝人練就了爐火純青的技術，使一件又一件巧奪天工的藝術品橫空出世[4]。

惠山泥人舉世無雙，現已列為國家級非物質文化遺產。雖然它不像玲瓏剔透的瓷器、玉器般價值連城[5]，但以鮮明、可愛的形像深受人們喜愛。

寫作小貼士

「舉世無雙」、「價值連城」都是形容藝術品的價值常用的成語。

① 名揚中外：在國內和國外也聞名。
② 豐衣足食：穿的吃的都很豐富充足，形容生活富裕。
③ 五彩繽紛：形容色彩十分豐富、鮮豔。
④ 橫空出世：形容人或物高大，橫在空中，浮出人世，或比喻人或物非常突出。
⑤ 價值連城：比喻價值非常高。

一 成語辨析

下面的物品各有特點，並都寫在每件物品旁。這些特點有哪些表示技藝高超？哪些表示非常獨特？把正確答案填在橫線上。

（提示：部分特點可同時屬於兩個類別）

威風凜凜

奇珍異寶

琳瑯滿目

舉世無雙

巧奪天工

別具一格

入木三分

活靈活現

1. 表示技藝高超：____________________

2. 表示非常獨特：____________________

二 成語填充

選擇下列成語，填在段落的橫線上。

栩栩如生	威風凜凜	巧奪天工
琳瑯滿目	爐火純青	玲瓏剔透

星期天，我和幾個同學一起去博物館參觀。博物館裏擺放了各式各樣 1. ________________的展品，多種珍貴的文物呈現眼前，令我們充分感受到中華文化的博大精深。

首先我們去到專題展覽館，觀賞中國玉器。在燈光照射下，這些玉器更顯 2. ________________，精美異常。雕刻成動物形狀的玉器，有的 3. ________________，彷彿下一秒就要活過來；有的 4. ________________地端坐其中，傲視一切……

離開專題展覽館之後，我們一起去看不同年代的水墨畫作。一幅幅年代久遠的畫作，無論是畫面的空間運用，還是顏色的深淺配搭，都是 5. ________________，讓人歎為觀止。要畫出這樣的畫作，畫家必定是技法純熟，具有 6. ________________的功力。

這次參觀讓我們大開眼界，從博物館走出來後，我們還討論了好久才互相道別回家。

單元七 為人處事

大義凜然	嫉惡如仇	大公無私	奉公守法	兩袖清風
義正辭嚴	理直氣壯	假公濟私	唯利是圖	見利忘義
自私自利	倒行逆施	胡作非為	為非作歹	

成語小學堂

大義凜然 dà yì lǐn rán 

【解釋】**大義：正義；凜然：令人敬畏的樣子。堅持正義、英勇不屈的氣概令人敬畏。**

【例句】1. 他大義凜然地喝斥偷錢包的小偷，使小偷慌忙逃走。
2. 電影主角不畏強權，大義凜然地為窮人爭取權益。

【近義】㊀正氣凜然、㊀浩然之氣

【反義】㊀卑躬屈膝、㊀奴顏婢膝

嫉惡如仇 jí è rú chóu 

【解釋】**指對壞人或壞事如同仇敵一般憎恨。**

【例句】1. 他嫉惡如仇，見義勇為，遇見罪案發生時會即時報警，幫助警方撲滅罪行。
2. 電影中的主角嫉惡如仇，既看不得窮人挨餓受苦，也看不得富人為富不仁。

【近義】成大義凜然、成不共戴天

【反義】成同流合污、詞是非不分

大公無私 dà gōng wú sī 褒

【解釋】一心為公，沒有私心。也指處理事情公平正確，不偏袒任何一方。

【例句】1. 像他這種大公無私、不畏強權的行為，如今有幾人能做到呢？

2. 他是一個大公無私的人，不會為一點小利而忽略了自己應有的職責。

【近義】成鐵面無私、成光明正大、成不偏不倚、成剛正不阿

【反義】成假公濟私、成因公假私、成營私舞弊

奉公守法 fèng gōng shǒu fǎ 褒

【解釋】以公事為要，遵守法紀，不徇私舞弊。

【例句】1. 這位市長在任內奉公守法，處事公正嚴明，深受市民敬佩。

2. 他平日奉公守法，也不曾做過傷天害理之事，怎麼會被告上法庭呢？

【近義】成安分守己、成循規蹈矩

【反義】成胡作非為、成違法亂紀

兩袖清風 liǎng xiù qīng fēng 褒

【解釋】**除衣袖中的清風之外，別無所有。比喻做官的時候，十分清廉；現也指清貧，沒有財產。**

【典故】明朝的宦官王振以權謀私，各地官僚為了討好他，多獻以珠寶白銀，但巡撫于謙每次進京奏事，總是不帶任何禮品。他的同僚勸他說：「你雖然不獻金寶、不攀求權貴，也應該帶一些著名的土特產如線香、蘑菇、手帕等物，送點人情呀！」于謙笑着舉起兩袖，風趣地說：「帶有清風！」以示對那些阿諛奉承之貪官的嘲弄。「兩袖清風」由此而來，形容為官清廉、不屑巴結權貴的官員。

（出處：都穆《都公譚纂》）

【例句】1. 他做官十幾年，依然是兩袖清風，從不伺機謀利。

2. 這位商人從兩袖清風開始創業，現在卻是富甲一方。

【近義】成一貧如洗、成潔身自好

【反義】成貪贓枉法、成貪得無厭、成損公肥私

義正辭嚴 yì zhèng cí yán 褒

【解釋】**義：道理；辭：言辭。形容理由正當而充足，言辭嚴正有力。**

【例句】1. 社會上到處流傳有損他名聲和利益的謠言，使他不得不召開記者會，義正辭嚴地加以反駁。

2. 面對師長義正辭嚴的斥責，家偉深感羞愧，決定改過。

【近義】成理直氣壯、成振振有詞

【反義】成理屈詞窮、成強詞奪理

理直氣壯 lǐ zhí qì zhuàng 褒

【解釋】**直：正確、合理。因為理由充足而正確，所以說話時充滿氣勢，沒有畏懼。**

【例句】1. 小文根本沒有犯事，所以面對警察的質問時都能理直氣壯地回應。

2. 雖然被告的代表律師咄咄逼人，但原告的代表律師都能理直氣壯地反擊，真是一場精彩的辯論。

【近義】成義正辭嚴、成振振有詞

【反義】成理屈詞窮、成強詞奪理

假公濟私 jiǎ gōng jì sī 貶

【解釋】**假：借；濟：補助。指假借公家的名義來謀取個人利益。**

【例句】1. 他利用職務之便不知道做了多少假公濟私的事情，後來事件被揭發，招致大眾猛烈批評。
2. 公司杜絕一切假公濟私的行為，所有員工都不可取用公司的資源。

【近義】㊀營私舞弊、㊀損人利己

【反義】㊀大公無私、㊀奉公守法、㊀潔身自好

唯利是圖 wéi lì shì tú 貶

【解釋】**只要有利益就貪圖，為了取得利益，什麼事都可以做。**

【例句】1. 即使是商人，也須兼顧道義，不能唯利是圖。
2. 他是個唯利是圖的人，從來不做對自己沒有好處的事。

【近義】㊀自私自利、㊀見利忘義

【反義】㊀大公無私、㊀見義勇為

見利忘義 jiàn lì wàng yì 貶

【解釋】看見有利可取就不顧道義。

【例句】1. 書中的主角是一個嗜錢如命、見利忘義的守財奴，他為了錢可以出賣朋友，最後落得悲慘收場。

2. 他不久前才騙取了你一大筆金錢，你怎麼還敢與這種見利忘義的人交朋友？

【近義】成利令智昏、成忘恩負義

【反義】成見利思義、成輕財仗義

自私自利 zì sī zì lì 貶

【解釋】只顧自己的私利而不理他人。

【例句】1. 他做事從來只顧自己的利益，真是自私自利。

2. 媽媽告訴我，做人不可以自私自利，要多關心身邊的人。

【近義】成損人利己、成唯利是圖

【反義】成大公無私、成捨己為人

倒行逆施 dào xíng nì shī 貶

【解釋】**行：走路；施：做事。指不遵常理行事，後比喻做事違背法紀或社會風俗，胡作非為。**

【典故】春秋時，楚國大臣伍子胥的父親和哥哥都被楚平王殺害了。伍子胥逃到吳國，發誓要為父兄報仇。後來，伍子胥率領吳軍攻破楚國首都。那時楚平王已死了，伍子胥還不肯甘休，還要拿楚平王的屍體出氣。

他的好朋友申包胥看到伍子胥為報私仇而滅了自己的祖國楚國，就派人去對他說：「虧你還是楚國人，太過分了！」伍子胥對來人說：「我老了，日子有限，但急於報仇，沒有別的辦法，只好做這樣違背常理的事！」「倒行逆施」由此演變而來，指一些有違倫常的罪惡行為。

（出處：司馬遷《史記．伍子胥列傳》）

【例句】1. 從古至今，凡是倒行逆施的昏君，都是會被推翻的。

2. 他平日倒行逆施，作惡多端，一定會遭到報應。

【近義】成胡作非為、成為非作歹、成橫行霸道

【反義】詞正道直行

胡作非為 hú zuò fēi wéi 貶

【解釋】非：不合理的、不對的。指不顧法紀或不講道理，毫無顧忌地任意妄為。

【例句】1. 那個敗家子胡作非為，把祖先幾十年辛苦積存下來的家產，不用幾年就敗光了。
2. 有些人一時意氣用事，胡作非為，難免鑄成大錯，後悔莫及。

【近義】成橫行霸道、成為非作歹

【反義】成循規蹈矩、成安分守己

為非作歹 wéi fēi zuò dǎi 貶

【解釋】歹：壞事。指做各種壞事。

【例句】1. 他因到處為非作歹而被警察逮捕入獄，真是活該，不值得可憐。
2. 這個昏君沉迷玩樂，不理朝政，放任官員為非作歹，到處壓榨人民。

【近義】成胡作非為、成惹事生非

【反義】成奉公守法、成安分守己

辨析

「為非作歹」和「胡作非為」都含有任意做壞事的意思。但「為非作歹」多指幹違法的壞事；「胡作非為」偏重任意，多指幹壞事。

秉公執法的蘇章

漢朝的蘇章是名滿天下[1]的清官，他兩袖清風、公私分明，深受百姓愛戴。

有一年，蘇章被委任為冀州刺史，他上任後整理賬目，發現有幾本賬記得含混不清，便派人去查。結果令他大吃一驚，原來是他的下屬清河太守假公濟私，貪污受賄，而且數額巨大。蘇章十分氣憤，決定將這個膽大妄為[2]的太守繩之以法[3]。

可是，當蘇章看到太守的名字時，不由得愣住了。原來這清河太守正是自己學生時代的好友，兩人以前總是形影不離，情同手足。沒想到當年的好友，如今竟見利忘義，犯下滔天大罪[4]。一想到這裏，蘇章就十分難過。

清河太守知道自己大難臨頭[5]，每天提心吊膽，惟恐上司突然派人來緝拿他。後來聽說新來的上司就是他當年的好友時，他頓時鬆了一口氣：蘇章是與自己無話不談的好友，應該會念及同窗情誼，網開一面吧！但聽說蘇章為官一向大公無私，而且嫉惡如仇，在這件事上會不會幫他，也很難說。

寫作小貼士

「大公無私」是最能體現此故事主題的成語，巧妙運用能使文章生色不少呢！

正在太守惴惴不安[6]的時候，蘇章派人來請他去赴宴。蘇章一見老朋友，連忙迎上前去拉着他的手，領他到酒席上坐下。二人興致勃勃地敍着舊情，蘇章還不停地替太守夾菜，絕口不提案子的事情，氣氛十分融洽。這時候，太守心頭的一塊石頭終於落了地，不禁得意洋洋地說：「幸好我的案子落到你手裏，真是上天眷顧啊！要不然我會落得個身敗名裂[7]的下場。」

聽了這話，蘇章一言不發地推開碗筷，站起身整了整衣冠，義正辭嚴地說：「今晚我請你喝酒，是因為你我私人的情誼。明天升堂審案，我依然會公事公辦[8]，絕不會假公濟私。請到時候不要見怪！」

第二天，蘇章開堂審案，果然秉公執法，將太守依法治罪，絲毫不受二人情誼的影響。蘇章這種依法辦事，不循私的行為，成為一時佳話。

釋詞

① 名滿天下：指聲名傳播得很遠。
② 膽大妄為：任意的胡作非為。
③ 繩之以法：用法律作準繩，給予制裁。
④ 滔天大罪：形容罪惡極大。
⑤ 大難臨頭：形容大的禍害將降臨身上。
⑥ 惴惴不安：指擔心、害怕。
⑦ 身敗名裂：指名聲受到毀壞。
⑧ 公事公辦：依公事上的制度處理，不講私人情面。

海瑞巧治惡少

明朝後期，官場黑暗腐敗，可是出現了一位清廉剛正的好官——海瑞。

海瑞擔任浙江淳安縣令時，奉公守法，廉潔自律，被百姓譽為「海青天」。一天，海瑞正在審閱公文，突然聽説浙江總督胡宗憲的兒子帶隨從經過淳安。胡公子因為嫌驛站招待得不夠周到，生氣得當場命令隨從把驛站官員捆起來吊在樹上，還用皮鞭狠狠抽打。

海瑞馬上趕到驛站，見光天化日①之下竟有如此無法無天之舉，頓時義憤填膺②。他大聲喝止，還命令給驛吏鬆綁。胡公子囂張地揮着馬鞭説：「你知道大爺是誰嗎？」海瑞理直氣壯、義正辭嚴地斥責道：「不管你是誰，都不准在我管轄的地方胡作非為！」胡公子的手下説：「這是胡總督胡大人的公子！」

海瑞一聽，冷冷一笑，説：「哼，以往胡大人來此巡查，命令所有地方一律不得鋪張。胡大人的公子也一定知道。你們竟然膽大妄為③，假冒胡大人的公子為非作歹，敗壞胡大人的名聲，快給我拿下！」

衙役們一擁而上，將胡公子綁起來。海瑞命人打開胡公子的行李，裏面全是沿途勒索得來的財物，他讓衙役將財物交到國庫，又狠狠訓斥胡公子，將他和手下轟出了淳安縣。

胡公子狼狽地回到家，找父親哭訴，想讓父親嚴辦海瑞。可沒想到，海瑞早在胡公子到家之前，命人快馬送給胡大人一封信，信中一本正經地稟告説：「有人冒稱胡家公子，沿途招搖撞騙④，仗勢欺人。海瑞想胡大人必定沒有這樣不肖之子，為免其敗壞大人名聲，現已沒收其金銀，並將之驅逐出境。」

胡宗憲知道自己的兒子不爭氣，這件事要是張揚出去，對自己絕無好處，所以只好忍氣吞聲⑤，不予追究。就這樣，海瑞巧妙地制服了胡公子。

釋詞
① 光天化日：大白天裏，人人都看見的情況下。
② 義憤填膺：胸中滿有因正義而引起的憤怒。
③ 膽大妄為：肆無忌憚地作壞事。
④ 招搖撞騙：假借名義，進行矇騙欺詐。
⑤ 忍氣吞聲：受氣時不張聲，強作忍耐。

一 成語辨析

題目在描述怎樣的人？找出對應的成語，將代表答案的英文字母填在 □ 內。

A. 奉公守法	B. 假公濟私	C. 兩袖清風	D. 自私自利
E. 嫉惡如仇	F. 胡作非為	G. 大義凜然	H. 唯利是圖

1. 為了正義而堅強不屈。 □
2. 只顧自己的私利而不理他人。 □
3. 毫無顧忌地幹壞事的人。 □
4. 假借公家的名義，謀取私人的利益。 □
5. 以公事為重，謹守法紀的人。 □
6. 非常廉潔的官員。 □
7. 對壞人壞事非常憎恨的人。 □
8. 只要有利益就貪圖的人。 □

二 圖說成語

根據圖意和句子內容，在橫線上填上適當的成語。

1. 警察說：我們一定會捉拿這羣胡作非為的罪犯，不讓他們繼續 ________________ ！

2. 男孩說：這位總統任職多年，卻依舊 ________________，生活簡樸，未有乘身分之便，貪污舞弊。

三 成語填充

選擇下列成語，填在句子的橫線上。

義正辭嚴	唯利是圖	見利忘義
自私自利	大公無私	胡作非為

1. 已經這麼夜了，你們還播放如此大聲的音樂，打擾到鄰居休息，真是 ______________。

2. 他是一個 ______________ 的商人，眼中只有錢，像這樣賺不了多少的生意他是不會做的。

3. 世上竟有如此 ______________ 的人，為了自己的一點私利，竟然出賣子女！

4. 法官通常予人 ______________ 的印象，在法庭上依法作出公平的判決。

5. 這篇評論文章說得 ______________，把一些政客的醜惡行徑揭露無遺。

6. 那一帶人流稀少，治安狀況非常糟糕，常常有不良分子敢在光天化日之下 ______________，大家都是少去為妙！

單元八 友誼萬歲

眾志成城	同甘共苦	同舟共濟	同心協力	同仇敵愾
一見如故	志同道合	難兄難弟	形影不離	和好如初
一盤散沙	四分五裂	支離破碎	孤掌難鳴	

成語小學堂

眾志成城 zhòng zhì chéng chéng 褒

【解釋】**眾人統一的意志，形成堅固的城牆。比喻團結一致，力量無比強大。**

【例句】1. 大家眾志成城，為步行籌款出力。

2. 朋友之間眾志成城，再大的難關也可跨過。

【近義】成萬眾一心、成同心同德

【反義】成四分五裂、成各自為政

同甘共苦 tóng gān gòng kǔ 褒

【解釋】**甘：甜。指共同享受幸福，共同擔當艱苦。**

【例句】1. 建業和子軒是一對同甘共苦的好朋友。

2. 岳飛賞罰分明，又能與士兵同甘共苦，深得軍心。

【近義】成同舟共濟、成甘苦與共

【反義】成勾心鬥角、成各自為政

同舟共濟 tóng zhōu gòng jì 褒

【解釋】**舟：船；濟：渡水。指同坐一條船，共同渡河，比喻團結互助，同心協力。**

【典故】春秋時期，吳國和越國經常互相攻打，兩國的人民也將對方視為仇人。有一次，兩國的人恰巧共同坐一艘船渡河。船剛開的時候，他們在船上互相瞪着對方，一副要打架的樣子。但是船開到河中央的時候，突然遇到了大風雨，眼見船就要翻了，為了保住性命，他們顧不得彼此的仇恨，紛紛互相救助，並且合力穩定船身，才逃過這場天災，安全到達河的對岸。（出處：《孫子．九地》）

【例句】1. 在困難面前，大家一定要同舟共濟渡過每個難關。
2. 這項任務非常艱巨，所以大家更要同舟共濟。

【近義】成患難與共、成風雨同舟

【反義】成各行其是、詞互不相干

「同舟共濟」偏重於「共濟」，指同心協力，共渡難關；「風雨同舟」偏重於「同舟」，指客觀條件相同，處境相同，共同前進。

同心協力 tóng xīn xié lì 褒

【解釋】**心：思想；協：合。指團結一致，一起努力。**

【例句】1. 只要我們同心協力，就沒有克服不了的困難。
2. 朋友之間就是要同心協力，在遇到難題時互相幫助。

【近義】成同舟共濟、成同甘共苦

【反義】成同牀異夢、成一盤散沙

同仇敵愾 tóng chóu dí kài

【解釋】**同仇：一同對付仇人；敵愾：對抗仇視的人。指共同懷着仇恨的心去對抗敵人。**

【例句】1. 他們這對好朋友只要知道對方被欺負，定必會同仇敵愾，反擊欺凌者。
2. 在電子遊戲中，我和小軍的城堡竟被敵人炸毀了，我們同仇敵愾，馬上出兵迎戰。

【近義】成合力攻敵、詞一致對外

【反義】成自相殘殺、成各行其是

一見如故 yī jiàn rú gù

【解釋】**故：老朋友。初次見面就像老朋友一樣合得來。**

【例句】1. 看完電影後，我和旁邊的觀眾一見如故，談得很高興。
2. 在異國他鄉如遇上同鄉人，常會有一見如故的感覺。

【近義】成一拍即合

【反義】成形同陌路

志同道合 zhì tóng dào hé 褒

【解釋】**道：途徑。指彼此志趣相同，理想一致。**

【例句】1. 我與他都喜歡動漫，志同道合，常聚在一起討論。
2. 他們不僅是生活上的伴侶，還是志同道合的朋友。

【近義】成情投意合、成心心相印

【反義】成貌合神離、成分道揚鑣

辨析

「志同道合」、「情投意合」和「心心相印」都指人與人合得來，但「志同道合」偏重於人與人的志趣、觀念合得來；而「情投意合」、「心心相印」偏重於人與人思想感情的相投。

成語小百科

「貌合神離」：「貌」指外表；「神」指內心。表面上關係很密切，實際上是兩條心。「分道揚鑣」：分路而行，比喻目標不同，各走各的路或各幹各的事。

難兄難弟 nàn xiōng nàn dì

【解釋】**指共過患難的人或彼此處於同樣困境的人。**

【例句】1. 你們兩個難兄難弟，都在這次考試中考得不好，還不一起發奮努力？

2. 雖然要面對很多挑戰和考驗，但這對難兄難弟沒有輕言放棄，最終闖出了名堂。

【近義】㊔患難之交

【反義】㊔反目成仇

形影不離 xíng yǐng bù lí

【解釋】**像形體和它的影子那樣分不開。形容彼此關係親密，經常在一起。**

【例句】1. 這兩個孩子在學校互相認識後，整天形影不離，比親生姊妹還親。

2. 嘉儀和嘉晴是雙胞胎，不管去哪裏、做什麼，總是形影不離。

【近義】㊔形影相隨、㊔如影隨形、㊔難捨難分、㊔寸步不離

【反義】㊔形單影隻、㊔獨來獨往、㊔形影相弔

和好如初 hé hǎo rú chū

【解釋】**恢復像以前一樣和睦的關係。**

【例句】1. 多年的誤會一解開，他倆握手言歡，和好如初了。
2. 剛剛還在吵吵鬧鬧，兄妹倆轉眼間又和好如初了。

【近義】㊉破鏡重圓、㊉言歸於好

【反義】㊉反目成仇、㊉覆水難收

辨析

「和好如初」和「破鏡重圓」都指恢復和睦，但「破鏡重圓」使用範圍有限，僅用於夫妻之間，比喻夫妻失散或離婚後重新團聚；而「和好如初」使用範圍則廣泛，除用於夫妻之間，還可以用於朋友、戀人之間。

一盤散沙 yī pán sǎn shā 貶

【解釋】**像一盤鬆散的沙子。比喻力量分散、不團結。**

【例句】1. 我們球隊不是一盤散沙，而是一個紀律嚴明的集體。
2. 這次比賽的對手看似實力強大，其實是一盤散沙，要贏他們不是難事。

【近義】㊉各行其是、㊉各自為政

【反義】㊉眾志成城、㊉萬眾一心

四分五裂 sì fēn wǔ liè

【解釋】**分裂成很多塊。形容分散、不完整，也比喻極不統一、不團結。**

【典故】戰國後期，秦國日益強大，有六個國家很害怕秦國，就採取「合縱」的辦法聯合抗秦。「合縱」就是由南至北的國家聯合起來，力抗位於西邊的秦國向東擴展。秦惠王派張儀到各國宣揚「連橫」的策略，即由西至東聯合一些弱國的力量，離間使用「合縱」計的六國，又威脅和引誘六國依附秦國。在張儀的努力下，六國聯盟馬上四分五裂。（出處：《戰國策・魏策一》）

【例句】1. 隨着「砰」的一聲，摔到地上的花瓶頓時四分五裂，滿地碎片。

2. 因為各種誤會和謠言，令這個本來很團結的隊伍變得四分五裂。

【近義】㊊支離破碎、㊊一盤散沙

【反義】㊊萬眾一心、㊊眾志成城

支離破碎 zhī lí pò suì [貶]

【解釋】**散開、破裂。形容事物零散破碎，不成整體。**

【例句】1. 他的翻譯功夫還不行，你看，他把這篇文章譯得支離破碎的，不但讓人看不明白，還有違作者的原意。

2. 他倆的友誼曾因為一次誤會而破裂，多年後他們終於把支離破碎的友情修補好。

【近義】[成]四分五裂、[成]雞零狗碎

【反義】[成]完整無缺、[成]渾然一體

孤掌難鳴 gū zhǎng nán míng

【解釋】**孤：單獨；鳴：叫。一個巴掌拍不響。比喻一個人力量薄弱，難以成事。**

【例句】1. 他的想法多跟大家的意見不一樣，所以他常說自己是孤掌難鳴的少數派。

2. 這個建議雖好，但是孤掌難鳴，成功的機會不大。

【近義】[成]孤家寡人、[成]孤立無援

【反義】[成]眾志成城、[成]同心協力

辨析

「孤掌難鳴」和「孤立無援」都含有力量單薄、處境困難的意思，但「孤掌難鳴」強調「難以成事」，「孤立無援」強調「得不到援助」。

我的好朋友

在我們的身邊，除了家人之外，總有些人與我們朝夕相處，彼此非常熟悉。我最熟悉的人是一位從小玩到大的好伙伴，她就是李佳儀。

佳儀是媽媽同事的女兒。小時候，媽媽經常帶着我到公司玩，我和佳儀就是在那時候認識的。我倆一見如故，一起玩得非常開心。所以每次我們要回家時，都依依不捨[1]，有幾次，佳儀還哭了呢。

寫作小貼士

運用成語「一見如故」描寫我和佳儀認識的經過，展現我倆很投緣。

後來，為了方便上學，我們兩家人都搬進了同一個社區，自此我們便整天形影不離，每天一起上學，一起回家，大人們都說我們是一對雙胞胎。加上我倆都愛看漫畫，真可謂志同道合啊。可是，再好的友情總會出現隔閡。

這要從一次考試說起了。記得那是一次期末考試，本來學習成績在中上游的我倆，那次考試卻考得很差，拿到成績單的時候，媽媽說我倆真是「難兄難弟」，連成績滑落都像是商量好似的。此後，媽媽不許我每個周末都和佳儀一起去看漫畫，我要在家好好温習。因為和佳儀一起相處的時間少了，也少了聊天，所以感覺和佳儀的關係疏遠了不少，彼此間有了隔閡，有時我懷疑是她不想和我做朋友了。這讓我非常難過，可是我又不知道怎麼開口和佳儀說。

我把我的苦惱跟老師說了之後，老師告訴我，好朋友應該是同甘共苦的，要相信自己的好朋友，不能互相猜忌。終於，我鼓起勇氣和佳儀說出了自己心裏的感受。原來，佳儀也有這種感覺，也和我一樣不知道怎麼開口，導致我倆關係越來越遠。在我倆向彼此說出心底話後，我們和好如初了。我們還約定，以後不管遇到什麼困難，我們都要同舟共濟，做彼此的後盾，一起渡過難關。

寫作小貼士

「和好如初」說明我和佳儀儘管是形影不離的朋友，也經歷過疏遠的時候。

釋詞 ① 依依不捨：形容不捨得分開。

談合作

談到合作，很容易想起「三個和尚沒水喝」的故事。當山上只有一個和尚時，他要每天下山挑水才有水喝；後來多了一個和尚，他們每天同心協力下山抬水喝；再後來山上有了三個和尚，卻沒有了之前的合作精神，反而互相推卸，大家都不想下山抬水，最後導致全部人都沒水喝。這三個和尚沒水喝，表面上看似是因為偷懶，實際上卻是因為缺乏「團結、互助」的精神。

古代著名軍事家孫子曾說：「上下同欲者勝」，意思是：只要所有人齊心，就能夠輕鬆取勝。唐代名將郭子儀和李光弼因雙方成見太深，長期不和。在安祿山叛亂時，郭子儀憑一己之力很難平亂，但他不便去請李光弼幫忙，因而追悔莫及[①]，這時李光弼卻主動登門與他和好。李光弼對郭子儀說：「國家正值危難之時，我們理應同舟共濟，不能再計較個人恩怨。」隨後兩人聯手，同仇敵愾，指揮將士以少勝多，很快平息了戰亂，使國家避免落入四分五裂的境地。試想二人若沒有在處理國家大事之時拋棄個人恩怨，同心同德[②]，將會有多少平民百姓流離失所[③]，死於戰亂之中？

寫作小貼士

「同舟共濟」和「四分五裂」的意思相反，更能增強表達的效果。

我們常常可以看到，在球賽中有的隊員負責防守，有的負責傳球，有的幫忙搶球，有的則是投籃得分。要想贏得比賽，就必須靠大家團結配合。倘若隊員之間缺乏合作精神，上場後有如一盤散沙，那麼無論個別隊員的技藝有多高超，也是孤掌難鳴，難以獲勝的。

合作是連接成功的通道，把握住它，才可以克服一切困難，照亮我們的前路。

釋詞

① 追悔莫及：後悔也來不及了。
② 同心同德：抱持同一信念。
③ 流離失所：流離：流落、失散；失所：失去住所。流落離散，無處安身。

一 成語判斷

判斷下面句子中的成語用得正確還是錯誤，選出正確答案，塗滿相應的圓圈。

	正確	錯誤
1. 解除誤會之後，他倆又和好如初了。	◯	◯
2. 他倆一見如故，總是因意見不合而吵架。	◯	◯
3. 一家人就是要同舟共濟，互相扶持。	◯	◯
4. 逸郎和建業是一對形影不離的好朋友。	◯	◯
5. 球隊的隊員互相合作，有如一盤散沙。	◯	◯
6. 她倆有共同的興趣，是一對志同道合的好朋友。	◯	◯

二 成語辨析

選出適當的成語，在 ☐ 內填上代表答案的英文字母。

1. 媽媽告訴我好朋友是可以 ☐ 的，既可以分享喜悅，又可以共同承擔苦難。

   A. 眾志成城　B. 形影不離　C. 同甘共苦　D. 同心協力

2. 他與我 ☐ ，第一次見面就聊個不停。

   A. 一見如故　B. 同仇敵愾　C. 一盤散沙　D. 同甘共苦

3. 每當出現嚴重的自然災害時，政府就會呼籲市民 ☐ ，共同渡過難關。

   A. 同仇敵愾　B. 四分五裂　C. 同舟共濟　D. 孤掌難鳴

三 成語填充

選擇下列成語，填在段落的橫線上。

同心協力　一見如故　同甘共苦　志同道合

我和子軒的第一次見面是在學校舉辦的游泳訓練班，那是我第一天正式參加游泳訓練。子軒比我大三歲，那時候他已經是班上游泳最厲害的人了。但是不知道為什麼，我們第一次見面就很投緣，1. ________________，成為了很好的朋友。我想可能是因為我們都熱愛游泳這項運動，並且立志成為一名優秀的游泳運動員，2. ________________。每次訓練時，我們都會全力以赴。特別是在訓練接力游泳時，由於這種游泳很講求合作、團結，我和子軒，還有其他學員都一定會 3. ________________，一起爭取好成績。每次上課結束後，我們都會留在泳池相互監督練習。因為子軒學游泳的時間比我久，所以在沒有教練指導的時候，他就會充當教練的角色，指導我游泳。我們一同經歷艱苦的訓練，也一同分享進步的快樂，可以說我們是一對 4. ________________ 的好朋友。

單元九 社會民生

怨聲載道	烏煙瘴氣	滿目瘡痍	流離失所	安居樂業
寢食不安	勞民傷財	作惡多端	切中時弊	有恃無恐
叫苦連天	苦不堪言	大難臨頭	絕處逢生	

成語小學堂

怨聲載道 yuàn shēng zài dào

【解釋】**載：充滿。「怨聲載道」形容到處充滿怨恨、不滿的聲音。**

【例句】1. 對興建垃圾堆填區一事，政府的態度搖擺不定，難怪市民怨聲載道。

2. 這裏的道路工程持續多個月，街道上沙塵滾滾，使附近的居民怨聲載道。

【近義】成民怨沸騰、成天怒人怨

【反義】成歌功頌德、成有口皆碑

烏煙瘴氣 wū yān zhàng qì 貶

【解釋】**烏煙：黑煙；瘴氣：熱帶山林中的一種濕熱而有害的空氣。比喻由於環境混亂或壞人聚集而造成的污濁現象，也比喻社會黑暗、風氣敗壞。**

【例句】1. 以前的九龍城寨是個烏煙瘴氣的地方，常發生罪案。

2. 經濟發展造成各種污染，整個地球變得烏煙瘴氣。

【近義】成烏七八糟、成暗無天日

【反義】成長治久安、成國泰民安

滿目瘡痍 mǎn mù chuāng yí 貶

【解釋】瘡：皮膚上腫脹或潰爛的疾病；痍：創傷、傷痕。眼前看到的都是創傷。形容受到嚴重破壞，或指災害後殘破不堪的悲涼景象。

【例句】1. 這個歷史古城得不到應有的保護，反被人肆意破壞，現時滿目瘡痍。

2. 雖然地震發生後，這裏用了多年時間重建，但是很多地方仍然滿目瘡痍，民不聊生。

【近義】成千瘡百孔、成赤地千里

流離失所 liú lí shī suǒ

【解釋】流離：流落、失散；失所：失去住所。指由於災荒戰亂而流轉離散，到處流浪，無處安身。

【例句】1. 非洲地區常有戰事，大批流離失所的難民湧去其他國家，希望能逃離戰爭。

2. 山洪暴發毀了村民的家園，令他們流離失所。

【近義】成顛沛流離、成流離轉徙

【反義】成安居樂業、成家給民足

安居樂業 ān jū lè yè [褒]

【解釋】安：安穩；居：住所；樂：喜歡；業：職業。住在安定的地方，愉快地做自己的工作。

【典故】春秋著名的哲學家老子特別眷戀遠古時代的原始社會，認為物質進步和文化發展毀壞人的淳樸，給人帶來痛苦，所以他提倡「小國寡民」：國家很小，人口稀少。這樣人們能夠吃得飽足，穿得舒服，住得安逸，滿足於原有的風俗習慣，不用到處遷徙。這就是老子所說的「甘其食，美其服，安其居，樂其俗」。

後人從老子的話得出了「安居樂業」這個成語，用以形容人們過着安逸的生活。

【例句】1. 政府有責任照顧市民，讓他們能安居樂業。

2. 新市鎮配套完善，人們能在這裏安居樂業。

【近義】[成]民康物阜、[成]安土樂業

【反義】[成]顛沛流離、[成]流離失所

寢食不安 qǐn shí bù ān

【解釋】**睡覺和吃飯都不安心。形容憂慮煩亂的樣子。**

【例句】1. 這個小偷盜走了別人的錢包，良心折磨得他寢食不安，噩夢叢生，只好去向警方自首。

2. 昨天小敏家的狗走丟了，她寢食不安，四處尋找，希望有人知道牠的下落。

【近義】成食不甘味、成心神不定、成如坐針氈

【反義】成高枕無憂、成心安理得

勞民傷財 láo mín shāng cái 

【解釋】**使人民勞苦，又耗費錢財。現今也指濫用人力物力。**

【例句】1. 這些「形象工程」好看不好用，而且勞民傷財，引起很多市民不滿。

2. 祖母一直抱怨這次全家旅行是勞民傷財，還不如在家好好休息。

【近義】成勞師動眾、成鋪張浪費

【反義】成克勤克儉、成節用裕民

作惡多端 zuò è duō duān 貶

【解釋】**做了許多壞事。**

【例句】1. 儘管他作惡多端，但是他最終能悔改，重新做人，還是值得原諒。

2. 電視劇裏的奸角作惡多端，最終都逃不過法律的懲罰。

【近義】㊀無惡不作、㊀罪惡滔天

【反義】㊀樂善好施、㊀與人為善

辨析

「作惡多端」指做了許多壞事；「無惡不作」指所有的壞事都做盡了，語義較重；「罪惡滔天」不僅指罪惡多，還強調罪惡極大。

切中時弊 qiè zhòng shí bì 褒

【解釋】**切：切合；中：恰好對上；弊：弊病、問題。比喻批評時事能擊中要害。**

【例句】1. 演講者言辭鋒利，見解深刻，又切中時弊，得到評審團的一致讚賞。

2. 這篇文章切中時弊，在社會上得到了廣泛流傳，引起極大的迴響。

【近義】㊀一語中的、㊀鞭辟入裏、㊀言必有中

【反義】㊀輕描淡寫、㊀隔靴搔癢

有恃無恐 yǒu shì wú kǒng 貶

【解釋】恃：依仗、依靠；恐：害怕。因為有所依仗而無所畏懼，毫無顧忌。

【典故】春秋時期，齊孝公討伐魯國。齊孝公問魯國大夫展喜：「你們魯國人害怕了嗎？」展喜説：「那些沒有見識的人可能有些害怕，但我們大王一點也不害怕。」齊孝公又説：「你們魯國國庫空虛，地裏連青草也不長，你們憑什麼不害怕呢？」展喜説：「當初，魯國和齊國的祖先立下盟誓，子孫世代友好下去。大王您怎麼會背棄祖先的盟約，進攻我們呢？我們依仗着這一點就不害怕。」齊孝公無言以對，打消了討伐的念頭。

「有恃無恐」由此演變而來，指人因有所依仗而不害怕。

（出處：左丘明《左傳．僖公二十六年》）

【例句】1. 某官員的子女有恃無恐，到處生事，引起民憤。

2. 哥哥常因得到爸爸寵愛而欺負弟弟，有恃無恐。

【近義】㊀仗勢欺人、㊀狗仗人勢

叫苦連天 jiào kǔ lián tiān

【解釋】**不停地叫苦。形容十分痛苦。**

【例句】1. 弟弟剛開始幫媽媽擦桌子，便叫苦連天，要求休息。
2. 整天面對這些枯燥的數字，誰都忍不住叫苦連天。

【近義】[成]叫苦不迭、[成]苦不堪言

【反義】[成]任勞任怨

辨析

「叫苦連天」和「叫苦不迭」一般可通用。但「叫苦不迭」只表示連聲叫苦而不停止；「叫苦連天」除此意之外，還強調叫苦聲音很大。

苦不堪言 kǔ bù kān yán

【解釋】**堪：能。「苦不堪言」形容痛苦至極，不能用言語來形容。**

【例句】1. 很多老人家飽受疾病的折磨，苦不堪言。
2. 唐朝末年，唐懿宗昏庸無能，加上連年災害，百姓苦不堪言。

【近義】[成]痛苦不堪、[成]叫苦連天

【反義】[成]樂不可支

大難臨頭 dà nàn lín tóu

【解釋】**大的禍害將降臨身上。**

【例句】1. 這個商人向來奸險，專門利用法律漏洞來謀利，最近卻被揭發賄賂官員，這次他大難臨頭。

2. 兇猛的獅子緊盯着遠處的羚羊，但羚羊仍在悠閒地喝水，完全不察覺自己大難臨頭。

【近義】㊂危在旦夕、㊂岌岌可危

【反義】㊂平安無事、㊂轉危為安

絕處逢生 jué chù féng shēng

【解釋】**絕處：死路。形容在最危險的時候得到生路。**

【例句】1. 新產品研製成功使這個瀕臨倒閉的企業絕處逢生。

2. 漂落到荒島的漁夫見到遠方的船影，有了絕處逢生的希望。

【近義】㊂起死回生、㊂死裏逃生、㊂轉危為安

【反義】㊂走投無路、㊂岌岌可危、㊂命懸一線

小鯉魚鬥惡龍

很早以前，龍溪河畔的鄉民，過着安居樂業的美滿生活。有一天，不知從哪兒飛來一條大黃龍，牠作惡多端，把整個峽谷變得烏煙瘴氣，不得安寧。每年六月六日是大黃龍的生日，牠更強迫人們獻上一對童男童女、十頭大黃牛和一百頭豬、羊等物供牠享用，否則就會張開血盆大口吞食人畜，破壞田園，害得當地的百姓家破人亡，叫苦連天。

寫作小貼士

「安居樂業」描繪人們本來過着平和美好的生活。

寫作小貼士

用一連串的成語描寫黃龍作惡，人們苦不堪言。

在龍溪鎮，有一位聰明勇敢的小姑娘名叫玉姑，她下決心除掉這條惡龍。她幾次登上雲台觀去找雲台仙子求救，可惜沒找到，但她毫不灰心，繼續尋找。雲台仙子被玉姑堅持不懈的精神感動了，於是指點她去找鯉魚仙子。

玉姑辭別雲台仙子後，攀山涉水，歷盡千辛萬苦才找到鯉魚仙子。鯉魚仙子對玉姑說：「你想為民除害，這是件大好事，可是必須犧牲你自己啊！你真的要這樣做嗎？」玉姑毫不猶疑[1]地說：「為鄉親們除害，消滅那惡龍，哪怕是粉身碎骨[2]我也願意！」

鯉魚仙子見玉姑態度堅決，便朝玉姑噴了三口泉水，玉姑頓時變成了一條美麗的紅鯉魚。小紅鯉逆江而上，經過四十九天，終於游回家鄉。這天正是六月六日清晨，她搖身變回原貌，見鄉親們帶着貢品向河邊走來。

玉姑趕緊上前，攔住鄉親們說：「大家先等等，讓我去收拾這條惡龍！」話剛說完，玉姑便跳入水中，變成一條大紅鯉魚，然後騰空而起，直朝惡龍口中衝去，一下竄進牠的肚中，東刺西戳，把惡龍的五臟六腑搗得稀爛，惡龍拚命掙扎，最後被玉姑殺死了。可是，玉姑自己也死在惡龍的腹中。從此，百姓又過上了安居樂業的日子。人們為了紀念玉姑，在山上修建了一座鯉魚廟。直到今天，當地還流傳着「小鯉魚鬥惡龍」的故事。

釋詞
① 毫不猶疑：沒有半點遲疑，立刻去做。
② 粉身碎骨：比喻犧牲生命。

大禹治水

遠古時期，黃河一帶經常鬧水災，洪水湧過堤壩，沖垮了房子，毀掉了莊稼。百姓流離失所，苦不堪言，只好扶老攜幼[1]往山上搬。而山上又有不少毒蛇猛獸，傷害人和家畜，人們生活艱苦。

寫作小貼士
描寫人們生活在極惡劣的環境下。

當時的首領堯向各部落訪求能治理洪水的人。當時大家一致推薦了鯀。堯對鯀不太信任，但當時沒有比鯀更適合的人才，堯只好勉強同意。

果然，鯀治理洪水，只知道水來土掩[2]，築壩擋水，結果洪水沖毀了堤壩，水災鬧得更凶了。鯀花了九年時間，勞民傷財，卻仍然未能把洪水制服。後來，鯀因治水不力被處死，他的兒子禹接替了父親的任務繼續治理水患。

禹接到任務的時候剛結婚幾天，他見父親因沒有完成治水大業而受了懲罰，十分感慨，因此他義無反顧[3]地投入到工作中。他不辭勞苦，到多個地方實地考查，了解各地的山川地貌，摸清了洪水的流向和走勢。

經過仔細的考查，禹決心用開渠排水、疏通河道的辦法，把洪水引去大海。為了治水，禹不顧暑熱冬寒，不顧雨雪泥濘，任勞任怨[4]地在治水工地奔走；他三次路過自己的家門，甚至聽到剛出生的兒子的哭聲，都狠下心沒進去探望。就這樣，經歷了十三年時間，禹帶領眾百姓疏通了九條大河，開鑿打通了九座大山，終於用疏導的方法治好了洪水，還幫助老百姓重建家園，修整土地，恢復生產。使黃河一帶成為魚米之鄉。自此，人們又過上了安居樂業的生活。

① 扶老攜幼：扶着老人，帶着小孩。
② 水來土掩：這裏指用泥土堵住洪水，也比喻遇到事情就按情況想方法解決。
③ 義無反顧：靠着正義，勇往直前，不退縮。
④ 任勞任怨：形容做事熱心，不怕勞苦，不抱怨。

一 成語填充

下面是白雪公主講述的一段話，在段落的橫線上填上正確的成語。

烏煙瘴氣　　安居樂業　　作惡多端

我的父親是一位能幹的國王，在他的統治下，國家治理得井井有條，百姓們 1. ________。可是，我的母親去世之後，父親娶了一位新王后。新王后是一位壞心腸的女巫，她到處施展巫術，將國家變得 2. ________。她還嫉妒我的美貌，想害死我，使自己成為世界上最美麗的人。她一次又一次地陷害我，3. ________。最後她受到懲罰，我們才又過上了幸福的生活。

二 成語造句

利用提供的成語造句，寫在橫線上。

1. 滿目瘡痍

____

____

2. 叫苦連天

____

____

二 成語辨別

選出適當的成語填充以下的句子，在 □ 內填上代表答案的英文字母。

1. 這次的颱風帶來嚴重破壞，很多地方都變得 □ ，盡是斷枝落葉。

   A. 烏煙瘴氣　B. 滿目瘡痍　C. 作惡多端　D. 有恃無恐

2. 這兩個國家近年關係急速惡化，隨時爆發戰爭，預計到時有成千上萬的人要離開家園， □ 。

   A. 勞民傷財　B. 怨聲載道　C. 叫苦連天　D. 流離失所

3. 連年戰爭不但帶來嚴重傷亡和無法計算的經濟損失，還令人們每日活在恐懼中， □ 。

   A. 安居樂業　B. 絕處逢生　C. 作惡多端　D. 苦不堪言

4. 這個官員每次在社區巡視，都要求有多名保安人員陪同，又要求徹底清潔街道， □ 。

   A. 勞民傷財　B. 叫苦連天　C. 烏煙瘴氣　D. 寢食不安

5. 這家小店因業主大幅加租而面臨結業，幸好店主及時找到合適的地方繼續經營， □ 。

   A. 怨聲載道　B. 勞民傷財　C. 絕處逢生　D. 安居樂業

6. 別以為老人家跟不上時代的步伐，很多老人都關心社會時事，説起話來有理有據、 □ ，讓不少年輕人自愧不如。

   A. 苦不堪言　B. 有恃無恐　C. 切中時弊　D. 怨聲載道

單元十 性命攸關

不省人事　危在旦夕　病入膏肓　奄奄一息　一命嗚呼
回天乏術　死裏逃生　起死回生　妙手回春　對症下藥
藥到病除　轉危為安　化險為夷　見死不救

成語小學堂

不省人事 bù xǐng rén shì

小貼士：「省」不能寫作「醒」。

【解釋】**省：知覺。指陷入昏迷狀態，失去知覺。有時也指不懂人情世故。**

【例句】1. 他還不至於不省人事，看他嘴裏一個勁地叫着「乾杯」便知道了。
2. 他打籃球時突然昏倒，不省人事，旁邊的人連忙報警。

【近義】㊊昏迷不醒、㊊麻木不仁

【反義】㊊耳聰目明、㊊通情達理

危在旦夕 wēi zài dàn xī

【解釋】**旦夕：早晨和晚上，指很短時間之內。形容危險就在眼前。**

【例句】1. 那名交通意外中的傷者傷勢嚴重，生命危在旦夕。
2. 如果戰爭真的打起來，這個國家無數百姓的生命都危在旦夕。

【近義】㊊朝不保夕、㊊生死攸關

【反義】㊊高枕無憂、㊊死裏逃生

病入膏肓

bìng rù gāo huāng

小貼士：「肓」粵音「方」。

【解釋】**膏肓：古代醫學把心間脂肪叫膏，心臟和隔膜之間叫肓，認為是藥力難以達到的地方。形容病情十分嚴重，無法醫治；也比喻事態嚴重，無法挽救。**

【典故】春秋時期，晉國的國君晉景公得了重病，請了秦國一個有名的醫生來治病。

過了幾天，名醫到了，檢查後對晉景公說：「這病實在無藥可治。疾病在肓之上，膏之下，用灸法攻治不行，紮針又治不到，喝湯藥，其效力也達不到。」

過了不久，晉景公果然病死了。後人就用「病入膏肓」來形容病情嚴重，到了無藥可醫的程度。（出處：左丘明《左傳．成公十年》）

【例句】1. 這個連醫生都認為是病入膏肓的病人，居然靠着堅強的意志重新活了過來。

2. 近年經濟很差，不少行業的生意都已病入膏肓。

【近義】[成]不可救藥、[成]無藥可救

【反義】[成]妙手回春、[成]藥到病除、[成]起死回生

奄奄一息

yǎn yǎn yī xì

小貼士：「奄」不能寫作「掩」。

【解釋】**奄奄：氣息微弱的樣子；息：呼吸時進出的氣。形容呼吸微弱，只剩下微弱的一口氣，生命垂危，引申為事物即將消亡或毀滅。**

【例句】1. 沙灘上的小魚已經奄奄一息，再也無力游回大海。
2. 隨着科技的發展，很多傳統手工藝正奄奄一息，難逃被先進機器取代的命運。

【近義】㊂危在旦夕、㊂岌岌可危、㊂氣息奄奄

【反義】㊂生龍活虎、㊂生氣勃勃、㊂欣欣向榮、㊂精神抖擻

一命嗚呼

yī mìng wū hū

【解釋】**嗚呼：古語的感歎詞，表示悲哀。形容生命結束。**

【例句】1. 醫護人員連番搶救，但病人的情況毫無起色，最終一命嗚呼。
2. 在懸崖邊，如果他再跨出一步，便會掉到崖底，一命嗚呼。

【近義】㊂與世長辭、㊂壽終正寢、㊂鐘鳴漏盡

【反義】㊂延年益壽、㊂死裏逃生

回天乏術 huí tiān fá shù

小貼士：「乏」粵音「罰」。

【解釋】**回天：比喻力量大，能移轉極難挽回的時勢；乏術：缺少方法。比喻局勢或病情嚴重，已無法挽救。**

【例句】1. 面對強大的包圍圈，棋盤上的黑棋明顯回天乏術，無法挽回棋局了。

2. 醫生想盡辦法想要救回這位病人，只可惜回天乏術。

【近義】(成)積重難返、(成)無計可施、(詞)有心無力

【反義】(成)扭轉乾坤、(成)力挽狂瀾

死裏逃生 sǐ lǐ táo shēng

【解釋】**從極危險的境地中逃脫，倖免於死。**

【例句】1. 這次婆婆能大病痊癒，死裏逃生，真要感謝李醫生高超的醫術。

2. 這名士兵闖過了敵人的封鎖線，死裏逃生，終於又回到了己方陣營之中。

【近義】(成)大難不死

【反義】(成)束手就擒

起死回生 qǐ sǐ huí shēng

【解釋】**把快要死的人救活。形容醫術高明，也指將沒有希望的事情挽救回來。**

【例句】1. 在醫生的努力救治下，病人最終起死回生。

2. 一番改革之後，叔叔的公司又起死回生了。

【近義】㊔死去活來、㊔轉危為安

【反義】㊔不可救藥、㊔病入膏肓

辨析

「起死回生」與「死去活來」有別：「起死回生」既適用於人，也適用於物；「死去活來」只適用於人，不適用於物。

妙手回春 miào shǒu huí chūn

【解釋】**妙：絕妙；妙手：指技能高超的人；回春：使春天又重新回來。比喻將快死的人救活，形容醫生醫術高明。**

【例句】1. 因為這個醫生以妙手回春聞名，很多病人慕名前往求醫。

2. 經過爸爸的妙手回春，被弟弟折得亂七八糟的玩具又恢復原狀了。

【近義】㊔藥到病除、㊔起死回生

對症下藥 duì zhèng xià yào [褒]

【解釋】**症：病症；下藥：用藥。醫生針對病人的病情開方用藥。比喻針對具體情況，採取有效措施。**

【典故】東漢時，有兩個人一同到名醫華陀那兒看病，他們同樣頭痛發熱。華陀給一個人開了瀉藥，給另一個人開了會使人冒汗的藥。兩人感到非常奇怪，問：「我們兩人的症狀相同，病情一樣，為什麼吃的藥卻不一樣呢？」華陀解釋說：「你倆相同的，只是病症的表象，但你是由內部傷食引起的，而他的病卻是由於外感風寒，着了涼引起的。我當然得對症下藥，給你們用不同的藥治療。」二人服藥後，沒過多久，病就全好了。

從此，人們以「對症下藥」比喻醫生準確診症及提出針對問題核心的解決方法。(出處：陳壽《三國志·魏志·華佗傳》)

【例句】1. 身體不舒服就要對症下藥，不能隨便找藥吃。

2. 對症下藥才是真正解決問題的關鍵。

【近義】[成]有的放矢、[成]因人制宜

【反義】[成]隔靴搔癢、[成]舉措失當、[成]瞎子摸魚

藥到病除 yào dào bìng chú

【解釋】**剛動手治療，病就痊癒了。形容醫術高明，也比喻工作做得好，可迅速解決問題。**

【例句】1. 不管患者的病有多嚴重，經這位醫生醫治後都能夠藥到病除。

2. 哥哥每天都要跟電腦打交道，久而久之，他也成了電腦醫生，經過他修理後，一般的電腦故障也能藥到病除了。

【近義】㊈妙手回春、㊈手到病除、㊈起死回生

【反義】㊈無濟於事

辨析

「藥到病除」和「妙手回春」都可形容醫術高明，但「藥到病除」語義比「妙手回春」輕。「藥到病除」可以形容辦事能力強，一動手就解決了問題；而「妙手回春」卻不用於此意，一般指能醫好垂危的重病病人。

轉危為安 zhuǎn wēi wéi ān

【解釋】**危：危險。指由危險轉為平安。多用於形容局勢、病情等方面。**

【例句】1. 突降的一場大雨讓火災現場轉危為安。

2. 一番治療後，他終於轉危為安，不久更病癒出院。

【近義】㊈轉敗為勝、㊈化險為夷、㊈死裏逃生

【反義】㊈得而復失、㊈岌岌可危

化險為夷 huà xiǎn wéi yí

【解釋】**險：險阻；夷：平坦。化危險為平安。比喻轉危險為平安。**

【例句】1. 他沒看清交通燈就過馬路，幸好車輛及時停住，他才化險為夷。

2. 傳說中，媽祖經常在海上幫助商人和漁民消災解難，化險為夷，所以後人常拜祭媽祖，祈求平安。

【近義】㊔轉危為安、㊔逢凶化吉、㊔起死回生

【反義】㊔岌岌可危、㊔命懸一線、㊔飛來橫禍

辨析

「化險為夷」和「轉危為安」都有從危險、危急轉為平安的意思，有時可通用。不同在於：「化險為夷」多用於書面語；「轉危為安」多用於口語。「化險為夷」還多用於強調由於人為原因使危險轉化為平安。

見死不救 jiàn sǐ bù jiù

【解釋】**見到別人面臨死亡威脅而不去救援，比喻人心地殘忍。**

【例句】1. 有一位老人昏倒在路邊，大家怎麼會見死不救呢？

2. 輿論一致譴責那幾名路人見死不救，以致傷者失去了得到救助的機會。

【近義】㊔自私自利、㊔袖手旁觀、㊔坐視不救

【反義】㊔見義勇為

《魯賓遜漂流記》觀後感

昨天，我和媽媽一起看了《魯賓遜漂流記》的電影。媽媽說這部電影是根據一個真實的故事改編而成，講述了一個商人流落荒島的故事。

電影裏的主角魯賓遜智勇雙全[①]，他喜愛航海和冒險，曾多次出海，遭遇不幸，可卻憑頑強的鬥志以及聰明的頭腦，總是化險為夷，渡過危機。有一次魯賓遜在航海時再次不幸遇難，流落到一個荒島之上。島上除了動物和可怕的野人，其他什麼也沒有，魯賓遜每時每刻都提心吊膽[②]，但他沒有自暴自棄[③]。魯賓遜利用在沉船中發現的種子進行播種，在收成之前，魯賓遜就拿着木槍去打獵，再把一些獵到的豬羊圈養起來。他又靠着一雙手，為自己蓋起了遮風避雨之地。魯賓遜用自己的智慧、勤勞及樂觀的精神，在荒島上生活了整整二十八年之久。

寫作小貼士

通過成語及簡介，概括地提示電影主角的遭遇和性格特點。

在二十八年裏，他雖然與世隔絕，卻從不放棄對生命的希望。他憑藉獨有的智慧和靈巧的雙手，捕獵動物，製作陶瓷，開鑿山洞，開荒種地，砍樹建房，給自己建造了一個「世外桃源」。

看完這部電影，我深感震撼：如果當我遇到像魯賓遜這樣的情況時，會像他一樣處變不驚[④]嗎？會一直對生活始終充滿信心嗎？面對突如其來的災難，我能像他那樣轉危為安，死裏逃生嗎？還是我只會驚慌失措，痛哭流涕？

寫作小貼士

問句與成語的連續運用使作者表達的感情更加強烈和富有氣勢。

魯賓遜不畏艱險和永不放棄的故事，成為了一段令世人尊敬的傳奇，同時發人深省[⑤]，令我們深思怎樣才能成長為不怕困難與挫折的強者。

釋詞

① 智勇雙全：智慧和勇氣兼備。
② 提心吊膽：形容非常擔憂、害怕。
③ 自暴自棄：形容人自己放棄自己，不思進取。
④ 處變不驚：處於多變的情況中仍保持冷靜，不會驚慌失措。
⑤ 發人深省：形容一些人或事物能為別人帶來啟發。

神醫扁鵲

春秋時期，有一位精通治病的名醫，人稱扁鵲。他常常周遊各國，治病救人，上至王公貴族，下至平民百姓，他都一視同仁，盡心救治。傳說他診斷準確，對症下藥，往往能藥到病除，妙手回春，因此名揚天下。

寫作小貼士

運用成語恰當地描述出扁鵲精湛的醫術，精練而傳神。

一次，扁鵲路過虢國，見到那裏的百姓都在舉行祈福消災的儀式，就問是誰病了。宮中術士說，太子死了已有半日了。扁鵲問明白詳細情況，認為太子患的只是一種突然昏倒、不省人事的怪症，便親自去診治。他讓弟子磨研針石，刺穴位，煮湯藥，過了一會兒，太子竟然坐了起來，和常人無異。旁邊的人看了，驚得目瞪口呆，不敢相信自己的眼睛。兩天以後，太子轉危為安，完全恢復了健康。從此，天下人傳言扁鵲能「起死回生」，但扁鵲卻謙虛地說，他並不能救活死人，只不過能為應當活的人治好病罷了。

寫作小貼士

一個成語便將扁鵲成名的原因概括了出來。

還有一次，扁鵲來到蔡國，桓公知道他聲望很大，便宴請扁鵲，他見到桓公後，說：「君王有病，就在肌膚之間，不治會加重病情的。」桓公不相信，還很不高興。十天後，扁鵲再去見他，說：「大王的病已到了血脈，不治會加深病情的。」桓公仍不信，而且更加不悅了。又過了十天，扁鵲又見到桓公，他說：「病已到腸胃，不治會更嚴重的。」桓公十分生氣，他並不喜歡別人說他有病。十天又過去了，這次，扁鵲一見到桓公，就趕快避開了，桓公十分納悶，就派人去問，扁鵲說：「病在肌膚之間時，可用湯藥治癒；在血脈，可用針刺、砭石的方法達到治療效果；在腸胃裏時，借助酒的力量也能達到；可病到了骨髓，就無法治療了。現在大王已病入膏肓，無藥可救，我無能為力了。」果然，五天後，桓公身患重病，奄奄一息，這才連忙派人去找扁鵲，但他已經走了。不久，桓公便一命嗚呼了。

寫作小貼士

從「病入膏肓」到「奄奄一息」及「一命嗚呼」表現桓公由得病、瀕死到去世的經過。三個成語能一步步顯示出不同程度的病情變化，可見成語的豐富表現力。

一 成語填充

挑選適當的成語，填在橫線上。

轉危為安　對症下藥　病入膏肓
妙手回春　危在旦夕　不省人事

1. 有「醫學聖手」之稱的林醫生果然名不虛傳，他了解過婆婆的病情之後，＿＿＿＿＿＿＿＿，很快就治好了婆婆的老毛病。
2. 他剛遇到交通意外，現在生命＿＿＿＿＿＿＿＿，家人和朋友們都焦急地在手術室外守候。
3. 經過醫生及時的搶救，他終於＿＿＿＿＿＿＿＿，家人們都暫時鬆了一口氣。
4. 小美剛才站起來時未見不妥，但走起路來東歪西倒的，轉眼間她已昏倒在地，＿＿＿＿＿＿＿＿了。
5. 王先生本已＿＿＿＿＿＿＿＿，很多醫生都說他的病情無藥可治，幸虧遇到一位＿＿＿＿＿＿＿＿的名醫，他才得以痊癒。

二 判斷成語

使用哪個字才可組成正確的成語？將正確的字圈出來。

1. 病入膏（肓／盲）　　2.（起／啟）死回生

三 成語辨別

選出適當的成語，在 ☐ 內填上代表答案的英文字母。

1. 他的生命 ☐ ，若沒有及時搶救，恐怕凶多吉少。

A. 危在旦夕　B. 藥到病除　C. 轉危為安　D. 不省人事

2. 他從地震中 ☐ ，與家人重逢時激動落淚。

A. 病入膏肓　B. 奄奄一息　C. 死裏逃生　D. 妙手回春

3. 雖然他的病情不輕，但幸好遇上 ☐ 的名醫，現在已漸漸康復。

A. 一命嗚呼　B. 回天乏術　C. 妙手回春　D. 見死不救

4. 電影中的主角每次遇上險境都能 ☐ ，讓觀眾感到鼓舞。

A. 對症下藥　B. 化險為夷　C. 一命嗚呼　D. 見死不救

5. 醫生的職責就是要按各人不同的病情 ☐ ，能否藥到病除，也是在考驗醫生的功力。

A. 死裏逃生　B. 化險為夷　C. 一命嗚呼　D. 對症下藥

6. 他因為害怕看醫生而延誤診治，到他送院治理時已經 ☐ ，康復的機會甚微。

A. 死裏逃生　B. 起死回生　C. 化險為夷　D. 病入膏肓

總複習一

一 成語判斷

使用哪個字才組成正確的成語？將正確的字圈出來。（8分）

例：（[崇]／祟）山峻嶺

1. 懸崖（俏／峭）壁
2. （暗／黯）然失色
3. 破（斧／釜）沉舟
4. 有（持／恃）無恐

二 成語填充

選擇下列成語，填在句子的橫線上。（8分）

流離失所	死裏逃生	對症下藥	怨聲載道

1. 戰禍連年，不知有多少家庭被迫遠走他鄉，＿＿＿＿＿＿＿＿。
2. 面對這麼嚴重的病情，這位高明的醫生也能找出致病的根源，＿＿＿＿＿＿＿＿，真是厲害。
3. 這一帶的排水工程一直沒有做好，所以每次大雨，必定引發水災，居民＿＿＿＿＿＿＿＿。
4. 他在地震中及時逃出快被震塌的房子，＿＿＿＿＿＿＿＿，逃過大難。

三 成語填充

在橫線上補充疊字，使成語及句子意思完整。（8分）

1. 蠟像館裏的每一尊名人蠟像都 ______ 如生，難怪吸引了這麼多遊客合影留念呢。
2. 弟弟穿上爸爸的大衣，裝出一副威風 ______ 的樣子，逗得我哈哈大笑。
3. 家麗姊姊參加選美比賽的消息在學校傳得 ______ 揚揚。
4. 漏油事件讓很多海鳥身上沾滿了油污，最後變得 ______ 一息。

四 成語造句

利用提供的成語造句。（6分）

同舟共濟　絕處逢生

______

______

______

______

五 成語運用

句子中方框內的字可用哪一個最適當的成語來代替？圈出代表答案的英文字母。（8分）

1. 這場比賽靖文已 很有信心取得勝利 ，甚至可以說一點懸念也沒有。

   A. 穩操勝券　B. 旗開得勝　C. 過關斬將　D. 旗鼓相當

2. 沙漠的天氣變化無常，剛才還陽光普照，現在就變得 沙土飛揚，石子滾動 了。

   A. 風和日麗　B. 變幻莫測　C. 飛沙走石　D. 風吹雨打

3. 黃山重巒疊嶂，怪石嶙峋，匯聚成奇特的景觀。

   A. 鬼斧神工　B. 洶湧澎湃　C. 爐火純青　D. 蔚為奇觀

4. 當獲勝的消息公布後，同學們都 歡欣鼓舞得像快步行走的鳧和跳躍的麻雀 。

   A. 鳧趨雀躍　B. 人聲鼎沸　C. 不絕於耳　D. 沸沸揚揚

六 成語辨別

選出適當的成語，在 □ 內填上代表答案的英文字母。（12 分）

1. 除夕夜的香港，處處 □ ，洋溢着節日的喜慶氣氛。

A. 光怪陸離　B. 黯然失色　C. 聲勢浩大　D. 張燈結綵

2. 模特兒大賽開始了，參賽的模特兒們一出場，觀眾們的歡呼聲 □ ，似是為她們打氣。

A. 鑼鼓喧天　B. 沸沸揚揚　C. 不絕於耳　D. 人聲鼎沸

3. 那名男子表演如何從鯊魚口中脱險，幸好最後他能 □ ，平安無事。

A. 不省人事　B. 化險為夷　C. 見死不救　D. 回天乏術

4. 將軍一死，這支部隊羣龍無首，變成了 □ 。

A. 一盤散沙　B. 支離破碎　C. 和好如初　D. 孤掌難鳴

5. 小狗黑仔被車撞倒，流了很多血，現在幸好已經 □ ，大家的心情才放鬆下來。

A. 病入膏肓　B. 奄奄一息　C. 對症下藥　D. 轉危為安

6. 這羣劫匪竟敢在光天化日之下 □ ，幸好迅速趕到的警員把他們抓獲。

A. 胡作非為　B. 自私自利　C. 見利忘義　D. 倒行逆施

七 成語填充

選擇下列成語，填在段落的橫線。（10 分）

義正辭嚴	嫉惡如仇	為非作歹
假公濟私	怨聲載道	

歷史上赫赫有名的清官包拯為人 1. ＿＿＿＿＿＿＿＿，生平最痛恨的就是 2.＿＿＿＿＿＿＿＿之人，從不容許人假借公家的名義來謀取個人利益。在包拯上任地方官前，歷任知府對百姓總是伺機勒索，使老百姓 3. ＿＿＿＿＿＿＿＿。包拯上任後，開始對 4. ＿＿＿＿＿＿＿ 的官員進行整治，有些腐敗的官員來到包拯的府邸，希望能用金錢賄賂他，沒想到包拯卻 5. ＿＿＿＿＿＿＿地拒絕了他們，並且秉公執法，將這些貪官污吏剷除。包拯受到老百姓的愛戴，因而有「包青天」的稱譽。

總分：　　／ 60

總複習二

一 成語解釋

找出下列成語中帶點字的意思，把代表答案的英文字母填在 ☐ 內。（6分）

1. 同舟共濟 ☐

   A. 一同　B. 救援　C. 激動　D. 渡水

2. 興風作浪 ☐

   A. 高興　B. 掀起　C. 舉辦　D. 允許

3. 同甘共苦 ☐

   A. 甜　B. 酸　C. 苦　D. 辣

二 成語辨別

下列成語形容的是什麼內容？圈出代表答案的英文字母。（10分）

1. 張燈結綵

   A. 節日　B. 笑容　C. 山景

2. 風和日麗

   A. 表情　B. 局勢　C. 天氣

3. 光怪陸離

   A. 傷痕　B. 色彩　C. 友誼

4. 爐火純青

   A. 技藝　B. 景象　C. 食物

5. 不絕於耳

   A. 想法　B. 聲音　C. 思念

三 近義成語

哪個成語與下面句子中帶有橫線的成語意思相近？圈出代表答案的英文字母。（8分）

1. 當無數的煙花瞬間綻放之時，天上的月亮和星星也頓時<u>相形見絀</u>了許多。

   A. 黯然失色　　B. 張燈結綵　　C. 震耳欲聾　　D. 光怪陸離

2. 為了克服技術難關，工程師們<u>夜以繼日</u>工作。

   A. 廢寢忘餐　　B. 心不在焉　　C. 全神貫注　　D. 一絲不苟

3. 海嘯引發的巨浪<u>排山倒海</u>地向這個海邊小鎮襲來，瞬間便吞沒了沙灘，湧向小鎮。

   A. 驚濤駭浪　　B. 氣吞山河　　C. 翻江倒海　　D. 氣勢磅礡

4. 天氣<u>瞬息萬變</u>，剛才還是豔陽高照，現在卻突然烏雲密布。

   A. 風起雲湧　　B. 風吹雨打　　C. 變幻莫測　　D. 呼風喚雨

四 成語辨析

選出適當的成語，在 ☐ 內填上代表答案的英文字母。（6 分）

1. 她雖然只是一名普通的清潔工人，但對待工作 ☐ 的精神令許多人佩服。

   A. 一絲不苟　　B. 取長補短　　C. 粗心大意

2. 得知爺爺重病的消息，我祈求他早日 ☐ ，恢復健康。

   A. 對症下藥　　B. 轉危為安　　C. 妙手回春

3. 運動員們 ☐ 把龍舟划得像離弦的箭一般快。

   A. 同仇敵愾　　B. 同甘共苦　　C. 同心協力

五 成語填充

選擇下列成語，填在橫線上。（12 分）

光怪陸離	人聲鼎沸	旗鼓相當
全神貫注	整裝待發	聲勢浩大

1. 我校的籃球隊和對手實力 ________，難分勝負。
2. 獵人正在 ________ 地等待着獵物的出現，一動也不動。
3. 馬拉松運動員在天還未亮時便已 ________，開跑後，一直到將近中午才會完結。
4. 這部科幻電影給觀眾展現了一幕幕外星上 ________ 的景象，使人目不轉睛，十分吸引。
5. 周六的茶樓裏坐滿了顧客，________，好不熱鬧。
6. 在城市的中心地區，人們舉行了 ________ 的遊行活動。

六 短文填充

選擇下列成語，填在橫線上。（10 分）

鬼斧神工　懸崖峭壁　變幻莫測
一瀉千里　氣勢磅礴

科羅拉多大峽谷位於美國亞利桑那州西北部，是地球上最壯麗的景色之一。

整個峽谷蜿蜒迂迴，重巒疊嶂，彷彿是一幅波瀾壯闊的畫卷。從高處向下看，就像平坦的高原被劈出一道深不可測的裂痕，露出裏面斑斕的層層巨岩斷面。在太陽的照射下，岩層時而黃色，時而紅色，時而紫色，1.____________，斑斕迷幻。峽谷多變的色彩、層層疊疊的結構，2.____________的魅力，是任何雕塑家和畫家都無法模擬的。險峻的 3.____________下是波濤洶湧的科羅拉多河，它 4.____________，沖刷着河岸，切割着谷壁岩層，時而開山劈道，時而繞路迴流，還有風蝕水浸，經過千百萬年在高原上的自然雕刻，才形成了這舉世聞名的世界奇觀——科羅拉多大峽谷。

每年都有很多國內外遊客到這裏旅遊，欣賞大自然 5.____________的傑作，認識地球億萬年來的神奇變化。地質學家告訴我們，再過幾百萬年，科羅拉多大峽谷將變成寬得望不到對岸，深得與海平面平齊。那時又會是怎樣一幅蔚為奇觀的景象呢？

總分：　／ 52

答案

單元一

成語訓練營

一 1. B　2. A　3. D

二 1. 正確　2. 正確　3. 錯誤
4. 錯誤　5. 正確

三 以下答案僅供參考：
1. （參考答案）小明對老師講的內容一知半解，他很苦惱。
2. （參考答案）上課的時候同學們都專心致志地聽老師講課。
3. （參考答案）子軒的媽媽正在輔導他做家庭作業，但是他卻一副心不在焉的樣子。

四 1. 廢寢忘餐　2. 懸樑刺股
3. 聚精會神　4. 粗心大意
5. 堅持不懈

單元二

成語猜猜看

千變萬化

成語訓練營

一 1. 飛沙走石　2. 風起雲湧
3. 風和日麗　4. 風吹雨打

二 1. 瞬息萬變　2. 風雲變幻
3. 變化多端　4. 變幻莫測

三 1. 天朗氣清　2. 風起雲湧
3. 風吹雨打　4. 變幻莫測

四 1. B　2. A　3. C

單元三

成語訓練營

一 1. 整裝待發　2. 按兵不動
3. 全軍覆沒　4. 潰不成軍

二 1. 旗鼓相當　2. 嚴陣以待
3. 潰不成軍　4. 全軍覆沒
5. 穩操勝券

三 1. 旗鼓相當　2. 鹿死誰手
3. 調兵遣將　4. 出奇制勝

單元四

成語訓練營

一 火樹銀花、沸沸揚揚、人聲鼎沸、不絕於耳、鳧趨雀躍、聲勢浩大

二 眼：光怪陸離、流光溢彩、張燈結綵
耳：震耳欲聾、響遏行雲、人聲鼎沸

答案

三 1. 張燈結綵 2. 熙熙攘攘
3. 黯然失色 4. 流光溢彩
5. 震耳欲聾 6. 聲勢浩大
7. 梟趨雀躍 8. 不絕於耳

單元五

成語訓練營

一 1. 嶂 2. 壯 3. 斧 4. 磅礴
5. 崇 6. 鈞 7. 駭 8. 蔚

二 1. 鬼斧神工、巧奪天工
2. 鬼斧神工

三 以下答案僅供參考：
1. （參考答案）我們遠遠望去，天壇大佛高聳的身影清晰可見，蔚為奇觀。
2. （參考答案）這裏到處可見懸崖峭壁，令人讚歎大自然的鬼斧神工。

單元六

成語訓練營

一 1. 巧奪天工、入木三分、舉世無雙
2. 舉世無雙、別具一格、奇珍異寶、入木三分

二 1. 琳瑯滿目 2. 玲瓏剔透
3. 栩栩如生 4. 威風凜凜
5. 巧奪天工 6. 爐火純青

單元七

成語訓練營

一 1. G 2. D 3. F 4. B
5. A 6. C 7. E 8. H

二 1. 為非作歹 2. 兩袖清風

三 1. 自私自利 2. 唯利是圖
3. 見利忘義 4. 大公無私
5. 義正辭嚴 6. 胡作非為

單元八

成語訓練營

一 1. 正確 2. 錯誤 3. 正確
4. 正確 5. 錯誤 6. 正確

二 1. C 2. A 3. C

三 1. 一見如故 2. 志同道合
3. 同心協力 4. 同甘共苦

單元九

成語訓練營

一 1. 安居樂業 2. 烏煙瘴氣
3. 作惡多端

二 以下答案僅供參考：
1. （參考答案）龍捲風摧毀了很多建築物，令這城市變得滿目瘡痍。

2.（參考答案）政府施政失當，令市民叫苦連天，不得不上街遊行，表達訴求。

三 1. B 2. D 3. D
4. A 5. C 6. C

單元十

成語訓練營

一 1. 對症下藥 2. 危在旦夕
3. 轉危為安 4. 不省人事
5. 病入膏肓、妙手回春

二 1. 肓 2. 起

三 1. A 2. C 3. C
4. B 5. D 6. D

總複習一

一 1. 峭 2. 黯 3. 釜 4. 恃

二 1. 流離失所 2. 對症下藥
3. 怨聲載道 4. 死裏逃生

三 1. 栩栩 2. 凜凜
3. 沸沸 4. 奄奄

四 以下答案僅供參考：
（參考答案）在狂風暴雨之中，船員們只有同舟共濟，才能使自己絕處逢生，渡過難關。

五 1. A 2. C 3. D 4. A

六 1. D 2. C 3. B
4. A 5. D 6. A

七 1. 嫉惡如仇 2. 假公濟私
3. 怨聲載道 4. 為非作歹
5. 義正辭嚴

總複習二

一 1. D 2. B 3. A

二 1. A 2. C 3. B 4. A 5. B

三 1. A 2. A 3. C 4. C

四 1. A 2. B 3. C

五 1. 旗鼓相當 2. 全神貫注
3. 整裝待發 4. 光怪陸離
5. 人聲鼎沸 6. 聲勢浩大

六 1. 變幻莫測 2. 氣勢磅礴
3. 懸崖峭壁 4. 一瀉千里
5. 鬼斧神工

檢索表

檢索表

檢索表

小學生活用成語學堂（高階）

審　　校：宋詒瑞
編　　寫：思言
繪　　圖：李成宇、陳雅琳
責任編輯：張可靜
美術設計：李成宇
出　　版：新雅文化事業有限公司
香港英皇道 499 號北角工業大廈 18 樓
電話：(852) 2138 7998
傳真：(852) 2597 4003
網址：http://www.sunya.com.hk
電郵：marketing@sunya.com.hk
發　　行：香港聯合書刊物流有限公司
香港荃灣德士古道 220-248 號荃灣工業中心 16 樓
電話：(852) 2150 2100
傳真：(852) 2407 3062
電郵：info@suplogistics.com.hk
印　　刷：中華商務彩色印刷有限公司
香港新界大埔汀麗路 36 號
版　　次：二〇一六年十一月初版
二〇二四年一月第三次印刷

ISBN: 978-962-08-6699-9

18/F, North Point Industrial Building, 499 King's Road, Hong Kong
Published in Hong Kong SAR, China
Printed in China